KB102187

변혁 1990

1990

천지무천 장편소설

FUSION FANTASTIC STORY

29

변혁 1990 29권

천지무천 장편 소설

초판 1쇄 찍은 날 § 2017년 9월 22일
초판 1쇄 펴낸 날 § 2017년 9월 29일

지은이 § 천지무천
펴낸이 § 서경석

편집책임 § 김경민
편집 § 이종식

펴낸곳 § 도서출판 청어람
등록번호 § 제1081-1-89호
등록일자 § 1999. 5. 31
어람번호 § 제1-2771호

주소 § 경기도 부천시 부일로 483번길 40 서경B/D 3F (우) 14640
전화 § 032-656-4452 팩스 § 032-656-4453
http://www.chungeoram.com
E-mail § chungeorambook@daum.net

ⓒ 천지무천, 2013

ISBN 979-11-04-91469-0 04810
ISBN 978-89-251-3388-1 (세트)

변혁 1990

천지무천 장편소설

FUSION FANTASTIC STORY

29

Contents

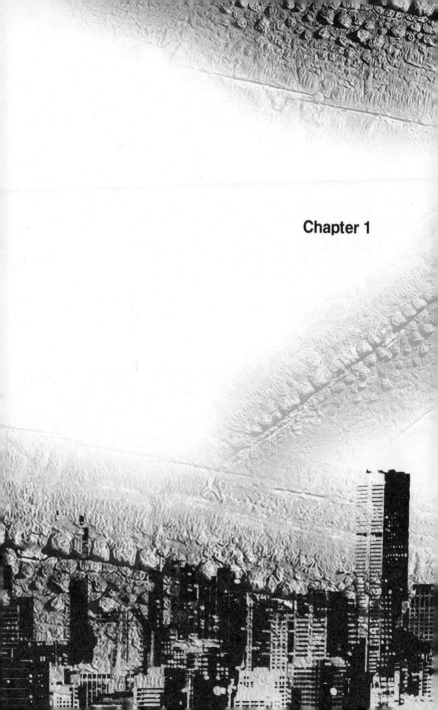

Chapter 1

이탈리아 마피아 조직인 카모라가 보낸 킬러의 움직임은 일거수일투족 코사크 정보센터에 포착되었다.

모스크바 공항에 내릴 때부터 닉스호텔에 머무는 순간까지 도청과 감시가 이어졌다.

카모라가 모스크바에 보낸 킬러와 조직원 모두 일망타진되었다.

이들의 목표는 말르노프의 샤샤였고, 이는 이탈리아 마피아의 전통적인 머리 자르기 공격 방법이었다.

샤샤의 암살 시도는 말르노프의 공세에 카모라가 동유럽

에서 밀려나고 있었기 때문이었다.

전쟁 경험이 풍부한 조직원을 갖춘 말르노프의 전투력과 화력에 카모라의 조직원들은 당해내질 못했다.

군사작전을 방불케 하는 파상 공세가 동시다발적으로 벌어진 마케도니아와 알바니아에선 카모라의 핵심 사업장들 대다수가 파괴되었다.

"모스크바에서 연락이 끊겼습니다. 작전은 실패한 것 같습니다."

카모라의 언더보스인 미켈레가 보스인 파스칼레에게 보고했다.

"크! 결국, 어셈블레어밖에는 방법이 없다는 건가?"

카모라의 보스 파스칼레의 입에서는 절로 신음성이 나왔다.

적극적인 해외시장 개척으로 카모라는 이탈리아 반도를 벗어나 승승장구했다.

소비에트연방의 붕괴와 동유럽의 혼란스러움이 카모라의 동유럽 진출에 큰 도움이 되었다.

동유럽 국가들의 자유화 물결과 정국 혼란은 범죄 조직들의 활동을 제약했던 경찰력을 약화시켰다.

민주화 물결에 이어 자본주의가 동유럽에 파고들자 범죄 조직의 활동은 더욱 활발해졌고, 그 틈을 카모라가 파고들었다.

카모라는 자본과 함께 범죄 기술을 동유럽 범죄 조직에 전수했고, 동유럽 최대의 밀수 커넥션을 만들었다.

그 밀수 조직을 통해서 벌어들인 자금으로 카모라는 이탈리아 4대 마피아에 당당히 명함을 내밀었다.

하지만 지금 카모라가 몇 년 동안 공들여 만들어낸 밀수 조직이 무너지고 있었다.

*   *   *

"정말 감사드립니다. 회장님의 도움이 아니었다면 놈들의 움직임을 알 수 없었을 것입니다."

말르노프을 이끄는 샤샤는 깊숙이 머리를 숙이며 감사를 표했다.

코사크 정보센터의 힘이 아니었다면 샤샤는 큰 위기에 빠졌을 수도 있었다.

"내 사람이라고 생각하는 사람은 어떤 일이 있어도 끝까지 책임질 것이다."

"이곳이 안전하다는 것을 다시금 깨달았습니다. 제 목숨이 끊어질 때까지 저는 회장님의 사람입니다."

샤샤는 룩오일NY 맨션이 안전하다는 것을 다시 한번 확인할 수 있었다.

샤샤와 그의 가족들은 안전을 위해서도 맨션을 벗어나는 일이 없을 것이다. 그것은 곧 내 감시 아래에 있겠다는 말이었다.

러시아 마피아나 이탈리아 마피아의 보스들은 검찰과 경찰의 추적으로 인해 벌어들인 부를 마음껏 써보기도 전에 어두운 지하실에서 평생을 보내기도 한다.

하지만 지금 샤샤와 그의 가족들은 풍요로운 삶을 누리고 있었다.

"카모라는 어떻게 할 건가?"

샤샤를 노린 조직이 어디인지 확인되었다. 사로잡힌 인물들 모두 마피아의 지독한 고문을 버티지는 못했다.

"이에는 이, 눈에는 눈으로 해결해야지요. 놈들을 아펜니노 반도(이탈리아 반도)에서 벗어날 수 없게 만들 것입니다."

마피아는 약함을 드러내는 순간 이 세계에서 발을 붙일 수 없었다.

"이미 벌어진 일이라면 확실히 끝내는 것도 답이겠지. 이탈리아의 4개 조직이 연합한다고 하던데, 감당할 수 있겠나?"

"놈들이 연합한다면 우리도 연합군을 만들어야겠지요."

샤샤는 의미심장한 말을 뱉었다.

이미 동유럽의 범죄 조직들과 연계를 끝낸 말르노프는 모든 힘을 이탈리아로 쏟을 것이다.

"새로운 포에니 전쟁이 이탈리아에서 벌어지겠군."

시간과 방법은 달랐지만, 유럽의 패권을 놓고서 러시아 마피아와 이탈리아 마피아 간의 전쟁이 본격적으로 시작되었다.

"한니발이 실패한 로마 정복을 제가 해내겠습니다."

카르타고의 명장 한니발은 4만의 병력으로 피레네산맥을 넘고, 갈리아 지역을 통과한 후 알프스산맥을 넘어 이탈리아 북부로 진격하여 로마에 큰 승리를 거머쥐었다.

하지만 본국인 카르타고의 지원을 받지 못한 한니발은 17년이라는 긴 전쟁 끝에 병력과 물자 부족으로 로마에 패배하고 말았다.

샤샤의 말르노프는 카르타고와 달랐다.

국론 분열로 한니발의 등에 오히려 비수를 꽂았던 카르타고와 다르게 말르노프 조직은 막강한 전력을 갖추고 있었다.

모스크바를 장악한 후 각 조직을 재정비하여 혼란을 빠르게 수습했고, 불만을 잠재우기 위해 동유럽 진출에 흡수된 조직을 이용했다.

수천 명에 달하는 조직원과 말르노프에 협조하는 러시아와 동유럽 조직들도 수백 개에 달했다.

그들을 앞세운 이탈리아에 대한 파상 공세가 이제 곧 시작될 것이다.

*　　　*　　　*

소빈뱅크 모스크바 국제금융센터에 세계 각 지점을 책임지고 있는 지점장들이 모여들었다.

한국(서울), 칠레(산티아고) 미국(뉴욕), 일본(도쿄), 폴란드(바르샤바), 콩고민주공화국(킨샤사), 중국(상하이, 베이징), 영국(런던), 프랑스(파리), 오스트리아(빈), 독일(프랑크푸르트) 등 열한 개 나라 열두 도시에 지점이 생겨났다.

특히나 러시아와 콩고민주공화국은 독과점처럼 소빈뱅크에 대한 영향력과 특혜가 남달랐다.

두 나라를 제외한 나라들도 룩오일NY와 닉스홀딩스가 진출한 곳이었고, 예상했던 영업 이익이 나오는 곳들이었다.

특히나 뉴욕과 런던, 그리고 도쿄는 국제금융센터를 통한 외환과 선물거래, 주식거래를 통해서 상당한 이익이 발생하고 있었다.

한국의 서울 지점도 러시아로 보내는 외화 송금의 독점과 주식거래를 통하여 큰 이익을 내고 있었다.

소빈뱅크는 이제 러시아 제일의 은행을 넘어 세계적인 은행으로 발돋움했다.

소빈뱅크는 외부로 드러난 자산보다 숨겨져 있는 자산과 이익이 더 많았다.

현재 세계 10대 은행에는 일본계 은행들이 6개나 포진되어 있었고 미국 은행은 뱅크 오브 아메리카(BOA)가 유일했다. 나머지는 유럽의 은행들이었다.

하지만 일본계 은행들은 엔고와 부동산 폭락 등 국내 경기 후퇴로 발생한 악성 채무가 점점 늘어나 대규모 손실이 발생하고 있었다. 이러한 결과로 97년에는 2개 은행만 10대 은행에 남을 수 있었다.

현재 소빈뱅크는 세계 100대 은행에 들어섰다.

한국의 은행들은 대부분 100위 밖의 순위를 가지고 있었고, 산업은행이 가장 높은 131위를 기록하고 있었다.

"올해 상반기 이익은 178억 달러에 이르렀습니다. 이는 도쿄 외환시장과 런던 외환시장에서 거래된 엔화와 마르크화의 이익금으로……."

국제금융센터를 맡고 있는 소로킨 마트베이가 먼저 발표를 시작했다.

소로스 펀드 매니지먼트와 합작으로 진행한, 도쿄 외환 시장과 일본 은행을 공포의 도가니로 만든 결과물이었다.

이미 작년 미국의 강달러 정책과 멕시코 페소화의 가치 하락을 예상하여 45억 달러를 벌어들였다.

소빈뱅크의 이익 규모는 외부로 발표되지 않았다.

"하반기는 원자재 가격과 원유 가격의 폭등이 예상됩니다. 현재 알루미늄 가격은 지난해보다 38% 상승한 상태이며 구리와 아연 가격도 지속해서 오르고 있습니다. 현재 실물 원자재 사업팀에서……."

실물 원자재 사업팀은 원자재 실물은 물론 선물거래도 병행하고 있었다.

실물 원자재 사업팀은 부센터장인 벨로프 유리가 담당했다.

모스크바대를 나와 영국에서 공부한 벨로프 유리는 국제 금융과 원자재 거래에 정통했다.

러시아가 몰락하는 모습을 안타까워한 유리는 스위스 유니온뱅크를 퇴사하고 직접 모스크바의 소빈뱅크를 찾아왔던 인물이다.

스위스 유니온뱅크는 세계 12위에 해당하는 은행이다.

룩오일NY Inc와 세레브로 제련은 러시아와 독립국가연합에 알루미늄, 니켈, 구리, 금, 은 광산을 소유하고 있으며 알로사도 금과 은 광산을 상당수 소유한 상태다.

두 회사 모두 채굴한 원자재를 소빈뱅크를 통해서 국제 원자재 시장에 판매했다.

또한 DR콩고 내의 구리와 코발트 광산도 소빈 국제금융 센터를 통해서 원자재를 사고팔았다.

국제금융센터는 외환 거래는 물론 원유와 원자재, 그리고 식량을 사고팔아 큰 차익을 남기고 있었다.

그 바탕에는 미래에 일어나는 국제 흐름과 분쟁을 꿰뚫고 있는 나의 능력이 큰 비중을 차지했다.

"닉스코어를 통해서 칠레 구리 광산 두 곳을 인수할 예정입니다. 한편으로 수급 조절을 통하여 구리와 철강 가격을 30% 이상 상승시킬 예정입니다. 칠레와 호주, DR콩고를 중심으로 한 중부아프리카연합의 커넥션이 올해 말이면 완성될 것입니다. 이를 바탕으로 원자재 거래는 소빈 국제금융센터가 주도적으로 이루어갈 수 있습니다. 이를 위해 30억 달러를 닉스코어에⋯⋯."

러시아와 아프리카, 그리고 호주, 남미 대륙을 잇는 원자재 커넥션 완성에 힘을 쏟고 있었다.

공급 커넥션이 완성되면 원자재 가격의 통제는 물론 이를 통한 금융거래에서 소빈뱅크에게 막대한 이익을 줄 수 있었다.

에너지와 원자재라는 무기를 극대화시키려는 소빈뱅크와 닉스코어, 그리고 룩오일NY Inc가 연합 전선을 펴고 있었다.

"폴란드 대우인터내셔널이 발생한 신용장에 대한 대출을 허가하지 않았습니다."

대우그룹의 주거래 은행인 제일은행 지급보증을 섰지만, 대출을 허가하지 않았다. 그러자 대우는 홍콩 대우법인을 통해 일본 종합상사인 닛쇼이와이에서 투자금을 마련했다.

대우전자와 대우자동차는 폴란드에 진출하면서 소빈뱅크에게 상당히 유리한 조건으로 대출을 요청했다.

하지만 2년 후에 일어나는 IMF 외환 위기 때 가장 큰 타격을 입은 그룹 중에 하나가 대우그룹이었다.

대우그룹의 김우중 회장은 이번 달 폴란드의 바르샤바를 방문해 폴란드 최대의 자동차 회사인 파브리카 사모코도프 오소보비츠(FSO)사의 지분 60%를 인수해 오는 2001년까지 10억 달러를 투자하는 내용의 의향서를 교환했고, 오늘 10월까지 계약을 마무리할 예정이다.

지난해 바웬사 대통령의 방한 때 논의되었던 이 사업은 지금까지 폴란드에 대한 외국 기업의 투자로는 최대 규모였다.

원활한 투자금 마련을 위해 대우는 현지 금융기관 인수

를 타진하고 있었다.

더구나 대우전자는 이미 5월에 1억 3천만 달러를 들여 바르샤바 프루슈쿠프에 복합 가전 단지를 조성하는 공사에 들어갔다.

이곳에서 TV와 세탁기, 냉장고, 카오디오를 비롯한 각종 전자 부품을 생산할 예정이다.

대우전자는 폴란드를 유럽 가전 생산 단지로 조성하려고 했다.

대우그룹은 다른 대기업들이 진출하기를 꺼린 동유럽, 베트남, 남아프리카공화국 등 해외 사업 확장에 나서 큰 성과를 올렸다.

특히나 대우자동차는 폴란드, 루마니아, 우크라이나, 인도, 우즈베키스탄, 카자흐스탄, 중국에 사업을 확대하여 세계 10대 자동차 업체 중 하나로 성장하였다.

"대우가 투자하려는 FSO와 현지 가전 공장에 대한 정확한 조사를 진행해. 몇 년 후면 두 곳이 매물로 나올 테니까."

IMF가 진행되었던 1997년부터 워크아웃이 시작된 1999년 7월까지 대우그룹은 쌍용자동차를 인수하는 등 오히려 확장 경영을 했다.

하지만 IMF 외환 위기 이후 20%에 달하는 이자를 감당

하지 못했고, 해외 사업장에 부품 공급이 원활하게 이루어
지지 못했다.

"예, 대우가 대출을 요청할 때 자료를 요구해 현지 투자
자료를 받아두었습니다."

소빈뱅크 바르샤바 지점을 맡고 있는 코마로프의 말이었
다. 난 그의 말에 고개를 끄떡였다.

폴란드에 진출한 대우의 불행은 곧 폴란드에 진출한 소
빈뱅크의 이익으로 이어질 것이다.

"다음은 대산그룹의 상하이 투자 건입니다."

소빈뱅크 상하이 지점장인 그레고리가 자리에서 일어났
다. 대산그룹은 대산에너지가 러시아의 고티광구에서 막대
한 손해를 본 이후부터 중국에 그룹 역량을 집중했다.

상하이에는 대산유통과 대산식품, 대산정보시스템, 대산
시멘트, 대산해운 등 다섯 개의 핵심 회사가 진출했다.

"상하이에는 총 8억 5천만 달러가 투자될 예정입니다.
대산그룹의 중국 투자는 고티광구의 실패로 인해서 투자금
이 감소했습니다. 현재 대산유통이 진행 중인 상하이 물류
센터 공사와 대산해운이 이용할 컨테이너 전용 터미널 공
사가 진행되고 있습니다. 올해 말에는 대산시멘트가 현지
공장을 착공에……."

소빈뱅크는 대산그룹의 상하이 투자 상황을 모두 파악하

고 있었다.

대우그룹과 대산그룹의 해외 투자 현황을 파악하는 이유는 단 한 가지였다.

두 그룹 모두 미르재단에 가입되어 있기 때문이었다.

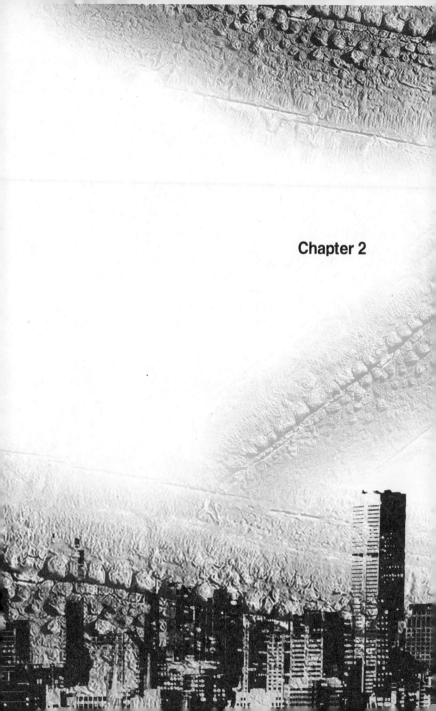

Chapter 2

소빈뱅크는 러시아 정부의 요청으로 토치가뱅크를 인수했다.

러시아의 공적 자금이 투입된 토치가뱅크는 러시아 4대 은행 중의 하나였다.

토치가뱅크는 러시아 정부의 긴급 지원을 받고도 부실에서 벗어나지 못했다.

정부의 입김이 들어간 인사 정책과 방만한 경영은 구소련 때부터 전혀 바뀌지 않은, 토치가뱅크의 부실 원인이었다.

토치가뱅크는 러시아의 국영기업들을 지원하는 은행이었다. 국영기업들이 부실해지자 결국 토치가뱅크까지 부실화되는 결과로 이어졌다.

토치가뱅크를 인수한 결정적인 이유는 은행이 가지고 있는 러시아 국영기업들의 주식이 상당했기 때문이다.

소빈뱅크는 11억 달러를 투자해 토치가뱅크의 부실을 털어내기로 했다.

러시아 정부 또한 4억 달러를 지원해 주기로 했다.

토치가뱅크가 소유한 국영기업들의 지분 확대를 위한 주식 매입에도 러시아 정부는 제한을 두지 않기로 계약했다.

지분 매입에 7억 달러가 더 들어갔지만 향후 소빈뱅크에게 돌아오는 투자에 따른 이익은 100억 달러 이상을 가져다 줄 것이다.

러시아가 소빈뱅크에게 지원을 요청할 수밖에 없는 것도 러시아에서 현금을 제일 많이 가지고 있는 은행이 소빈뱅크였기 때문이었다.

다른 은행은 인수할 수 있는 자금이 없었다.

돈이 돈을 벌어들이는 행위를 소빈뱅크가 보여주고 있었다.

토치가뱅크가 소유했던 시베리아 횡단철도(TSR: Trans—Siberrian Railway)지분이 소빈뱅크로 모두 넘어왔고, 러시아와 동유럽의 물류 유통을 장악해 가는 부란에 다시금 값싸게 넘어갔다.

기존에 시베리아 철도 지분 38%를 가지고 있던 부란은 소빈뱅크에게 넘겨받은 29%를 합하여 67%의 지분을 확보하게 되었다.

나머지 33%의 지분은 러시아 철도 공사가 소유하고 있었다.

이는 극동에서 시베리아를 통해 모스크바를 거쳐 동유럽과 서유럽에 물자를 수송할 수 있는 새로운 실크로드의 거점을 완전히 확보한 것이다.

이미 신의주와 평양으로 이어지는 철도가 새롭게 단장되었고, 남북한이 합의한 경의선 복원 공사가 내년 말이면 완공될 예정이다.

유럽과 동아시아를 잇는 철의 실크로드가 완벽하게 연결되면 수송 시간 및 비용 절감 등으로 남북 간의 경제 협력뿐만 아니라 유라시아 경제 협력 확대에 크게 이바지할 수 있게 된다.

하지만 그전에 노후화된 선로의 광궤 작업이 이루어져야만 했다.

광궤철도는 표준궤간 철도보다 레일 사이의 폭이 넓은 철도로 철도 선로에서 표준궤간은 1,435㎜로서 궤간이 더

넓으면 광궤, 좁으면 협궤(狹軌)라고 한다.

이 광궤는 건축 비용이 많이 들어갔지만, 고속으로 운전할 수 있는 이점이 있다.

시베리아 횡단철도는 러시아 정부의 자금 부족으로 모스크바와 일부 도시 간의 연결된 선로만 광궤(1,520㎜)로 이루어졌다.

또한 물류 수송을 완벽하게 하기 위해서는 전 구간의 광궤 작업과 함께 전 구간 복선화와 전철화를 진행해야만 한다. 더불어서 광통신을 설치하여 전 구간의 화물 추적이 가능하게 만들어야만 했다.

화물열차에 대한 현대화도 이루어야만 아시아와 유럽 간의 물자 수송이 완벽하게 이루어질 수가 있다.

이를 위해서 부란은 5년간 시베리아 횡단철도 현대화 계획에 20억 달러의 투자 계획을 세워놓았다.

한편으로 자원 부국인 몽골의 끌어들여 중앙아시아의 자원도 확보해야만 했다.

이를 위해 몽골 횡단철도(TMGR: Trans—Mongolian Railway)와도 연결 작업이 진행되어야만 한다.

중국이 향후 20년 후에나 시작할 수 있는 신실크로드를 룩오일NY가 앞당기고 있었다.

"신실크로드 사업은 장기간으로 가져가야 할 상항입니

다. 철도역마다 보관 창고도 더 증설해야 할 것 같습니다."

닉스홀딩스의 김동진 실장이 모스크바에 도착해 신실크로드에 대한 사업 계획을 소빈뱅크와 부란의 관계자들과 협의했다.

"검토해야 할 부분도 많겠지요. 철도차량의 생산도 직접 진행해야 할 것입니다."

"그럼 저희 쪽에서 진행하는 것입니까?"

김동진 실장은 물었다.

"러시아와 합작을 하는 거로 가야 할 것입니다. 한국에서 모두 생산한다면 러시아에서 문제를 제기할 수도 있으니까요. 한국에서 철도차량을 생산하는 회사가 몇 군데나 있습니까?"

"예, 현재 한진중공업과 현대정공, 대우중공업에서 철도차량을 제작하고 있습니다."

1999년 이전에 철도차량 제작 시장은 대우중공업, 현대정공, 한진중공업 등 3사의 경쟁 체제였다.

'음, 세 회사가 IMF 이후 구조조정이 이루어졌지······.'

IMF 외환 위기 뒤인 1999년 7월, 정부는 철도 산업의 경쟁력을 높이겠다며 한진중공업, 현대정공, 대우중공업 등 3사의 철도차량 사업 부문을 합작 형태로 구조조정을 하여 한국철도차량(주)을 출범시켰다.

"지금 당장은 아니지만 세 회사를 우리가 인수하는 방향으로 가야 할 것입니다."

"세 회사를요?"

김동진 비서실장이 놀란 눈으로 되물었다.

세 회사는 덩치가 큰 회사였다.

"철도차량 분야만 인수할 것입니다. 그에 따른 세부적인 계획을 위기 대응팀에서 세우도록 지시하십시오."

닉스홀딩스 내에는 IMF 외환 위기에 대응하는 팀이 올해 초에 만들어졌다.

일어나지도 않은 일에 대응한다는 것이 우습게 생각될 수도 있었지만, 내가 이야기했던 일들이 모두 이루어졌기 때문에 이의를 제기하는 인물은 없었다.

"예, 지시해 놓겠습니다. 한데 정말 막연하게 여겼던 신실크로드가 실제로 진행된다는 것이 놀랍습니다."

신실크로드의 이야기는 일부 언론과 학자들이 꿈처럼 이야기하던 일이었다.

남북한의 철도가 연결되면 시베리아 횡단 열차를 통해서 유럽으로 상품과 물자를 값싸게 보낼 수 있다는 꿈을 말이다.

더구나 유럽의 관문인 폴란드 및 인근 동유럽 국가는 지금보다 미래에 대기업과 벤더(협력업체)들이 대거 진출하여 화물 수요가 높아지는 곳이었다.

주로 동유럽 생산 공장에서 소비되는 자동차 부품과 전자 제품 부품들의 비중이 높고, 자동차 설비나 반도체 공급 부품들도 많다.

"신의주 특별행정구에서 생산된 제품들을 중국은 물론 유럽에 풀어놓을 것입니다. 그렇기 위해서는 일본 제품을 넘어서는 품질과 디자인을 갖추어야 하겠지요. 일본에 신실크로드의 이익을 나눠줄 필요는 없으니까요."

신실크로드를 서두르지 않을 생각이었다.

한 가지 우려스러운 점은 신실크로드가 남북한이 아닌 일본 제품들의 수출 통로로 이용될 수 있다는 것이다.

중국은 향후 20년간 제조 분야의 성장과 기술 축적을 해야 하는 상황이라 신실크로드를 진행할 수 없었다.

더구나 중국 내 철도망이 현재 완성되지 않았다.

닉스홀딩스 산하 기업뿐만 아니라 한국 기업들도 지금보다 한 단계 위의 생산기술과 첨단 제품을 만들어내야만 했다.

그래야만 신실크로드를 통해 한국의 제품들이 러시아와 유럽에서 더 많이 팔려 나갈 수 있었다.

"예, 무슨 말씀인지 알겠습니다. 정말이지 회장님의 선견지명과 미래를 보는 식견은 그 누구도 따라갈 수 없을 것입니다."

김동진 실장이 나를 진심으로 존경하고 따르는 것은 내가 말한 일들이 현실로 이루어져 간다는 점 때문이다.

기업을 이끄는 총수들은 꿈과 비전을 제시하며 직원들을 독려했다. 하지만 꿈이 현실이 되고 비전을 완성하는 기업은 극소수였다.

"멋진 제품을 만들어내는 것도 중요하지만, 미래를 이끄는 것은 에너지와 금융, 그리고 물류입니다. 닉스홀딩스와 룩오일NY는 이 세 가지를 확실히 장악해야 합니다."

에너지와 금융, 물류가 뒷받침된다면 어떠한 기업과 경쟁한다고 해도 이길 수 있었다.

"하하하! 정말이지 저희가 계획한 대로 진행된다면 정말 세계 정복도 가능할 것 같습니다."

김동진 실장의 목소리는 들떠 있었다.

"못 해낼 것도 없습니다. 지금처럼 모두가 하나가 된다면 철옹성 같은 경제 제국을 이루어낼 수 있습니다."

내부에서부터 무너지지 않는다면 룩오일NY와 닉스홀딩스 산하 기업들의 현재 경쟁력은 경쟁 회사들을 압도해 갈 것이다.

경쟁력의 원천이 되어주는 것은 유기적으로 맞물려서 돌아가는 두 그룹의 협조 체제였다.

"제가 그 중심에서 일할 수 있다는 것이 정말 자랑스럽습니다."

김동진 실장의 말처럼 역사를 만들어가는 닉스홀딩스에서 근무하는 직원들의 자부심은 남달랐다.

그룹은 외형적인 성장만이 아닌 튼튼한 내실과 함께 큰 이익을 내고 있었기 때문이다.

한편으로 2년 뒤, 시베리아 파이프라인이 완성되는 시점과 함께 신의주 특별행정구역에 세워지고 있는 정유, 철강, 화학 공장이 완공되면 그 파급력은 핵폭탄급이 될 것이다.

*   *   *

대산그룹의 이대수 회장은 대산에너지에서 올린 보고서에서 눈을 떼지 못했다.

룩오일NY Inc에 넘긴 고티광구에서 발견된 유전에 대한 보고서였다.

"음! 재주는 곰이 넘었는데 돈은 엉뚱한 놈이 가져가는군."

침울한 신음성을 뱉은 이대수 회장은 보고서를 내려놓고는 푹신한 의자에 몸을 기대었다.

아들인 이중호가 자신을 속이고 고티광구에 계획에도 없

는 돈을 쏟아부었지만, 결과적으로는 이중호가 옳았다.

고티광구에는 유전이 존재했다.

"후우! 중호를 좀 더 믿었어야 했나?

입에서 큰 한숨을 뱉은 이대수는 자신의 판단이 옳지 않았다는 생각이 들었다.

분명 일의 절차상에는 문제가 있었지만 일을 하다 보면 담당자만이 느낄 수 있는 직감이 있었다.

자신 또한 그 감을 통해서 대산그룹의 중요한 사항을 결정했었다. 자신의 피를 물려받은 이중호도 이대수가 느끼는 직관을 물려받았다는 생각이 들었다.

"중호를 너무 믿지 못한 것이 불찰이었어. 호랑이가 호랑이의 새끼를 알아보지 못했으니……."

이대수는 착잡했다.

자신의 안목이 빗나갔다는 것보다는 아들인 이중호를 끝까지 믿어주지 않았던 것이 더 안타까웠다.

이중호는 이대수 회장에게 2개월만 더 시간을 달라고 요청했다.

하지만 김덕현 부회장을 비롯한 그룹 임원진들의 반대에 부닥쳤고, 이대수 회장 자신도 절차를 무시한 행위와 자금을 유용한 점을 들어 이중호를 대기 발령시켰다.

'피는 속일 수 없다는 말이 맞는 말이야. 중호에게 한 번

의 기회는 더 주는 것이…….'

생각을 정리한 이대수 회장은 전화기를 들었다.

이중호는 이틀을 뜬눈으로 지내다시피 했다.

고티광구에서 발견된 유전은 분명 대산에너지가 차지해야 할 유전이었다.

"내가 너무 성급하게 굴지만 않았다면……."

후회가 밀려왔다.

함께한 부하 직원과 상사의 말을 좀 더 귀담아들었다면 지금 같은 결과가 이어지지 않았을 것이라는 생각이 좀처럼 머릿속을 떠나지 않았다.

"너무 서둘렀어. 일을 풀어가는 방법도 틀렸었고……."

대산에너지가 마치 자신의 소유물인 양 독불장군처럼 행동했던 것들이 하나둘 머릿속을 스쳐 지나갔다.

다시금 기회가 주어진다면 더 잘할 수 있었다.

아니, 지금처럼 다 된 밥에 재를 뿌리는 행동은 하지 않을 것이다.

'성공은 실력도 중요하지만, 운도 따라야만 하는 것이기도 하지…….'

손아귀에 거의 잡은 성공을 룩오일NY Inc에 갖다 바쳤다는 것이 가장 억울한 일이었다.

"다 털고 가려고 했는데……. 후! 정말 쉽지 않네."

이중호는 힘겹게 책상에서 일어나 여행용 캐리어을 집어 들었다.

이제는 한국에서의 일을 모두 잊고 공부에 매진해야만 했다. 하지만 고티광구의 아쉬움이 그의 발걸음을 무겁게 만들었다.

자신의 방에서 1층으로 내려갈 때였다.

집에서 일을 도와주는 아주머니의 목소리가 들렸다.

"회장님 전화입니다."

이중호는 이대수 회장과 아침에 인사를 나누었었다.

"여보세요."

─잘 갔다 와라.

"예, 열심히 배우고 오겠습니다."

─음, 그리고 네가 다시 일을 시작하고 싶다면 언제든지 돌아와도 된다.

"예, 그게 무슨 말씀이신지…….."

─대산에너지의 일은 떨쳐내고, 다른 일을 구상해 봐라. 방법은 틀려도 넌 결과를 만들어냈어. 그걸 다시금 나에게 보여줘 봐라.

이대수 회장의 말은 언제든지 대산그룹으로 다시 복귀해도 좋다는 말이었다.

'아버지가 날 인정해 주셨어……'

"고맙습니다. 좋은 모습으로 돌아오겠습니다."

이중호는 이대수 회장의 말을 듣자마자, 마치 몸을 칭칭 감고 있던 무거운 쇠사슬이 풀어진 것 같은 느낌이 들었다.

그리고 다시금 시작할 수 있다는 용기와 오기가 마음속 밑바닥부터 용솟음쳤다.

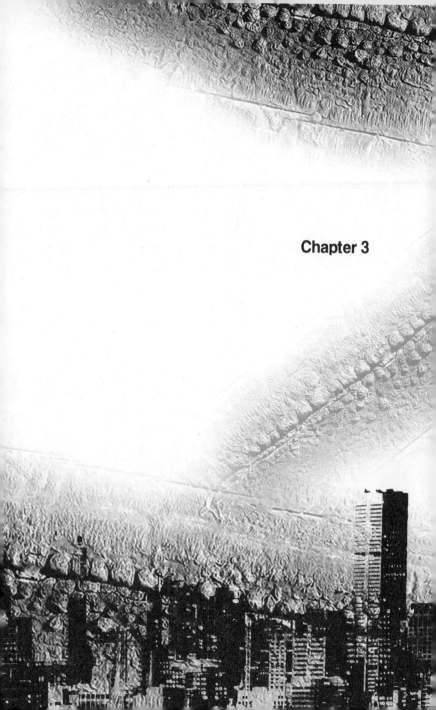

Chapter 3

　모스크바 닉스호텔에서 열린 러시아 경제 포럼에는 룩오일NY와 닉스홀딩스의 핵심 구성원들이 참석했다.

　여기에 러시아 경제를 이끄는 경제 관료들도 초대되어 경제 관련 토론과 세미나를 열었다.

　모든 것은 비공개로 진행되었고, 러시아와 한국의 경제 협력, 그리고 두 그룹이 주체가 되어 진행할 신실크로드에 대한 청사진이 공개되었다.

　"신실크로드의 진행은 한국은 물론 러시아의 경제 발전에 있어 새로운 돌파구가 되어줄 사업입니다. 이 사업에는 1차로 30억 달러 이상이 들어갈 것이며…….."

아시아와 유럽을 하나로 연결하는 신실크로드는 러시아의 자원과 물자의 이동에도 큰 역할을 하는 전략적 사업이다.

한마디로 피가 돌지 않고 있는 러시아 경제를 단기간 내에 활기 넘치게 할 수 있는 특효약이기도 했다.

"신실크로드의 선결 과제는 시베리아 횡단철도의 현대화와 러시아 정부의 적극적인 협조에 달려 있습니다. 이를 위해 정부의 과도한 규제 해제와 러시아 정부 지원이 필요로 합니다. 그래서 저희는 시베리아 횡단철도의 100% 지분 확보가 되는 시점에서 사업을 시작할 계획입니다."

러시아에서 철도는 전략적인 자원이자 물자였다.

현재 부란이 확보한 시베리아 횡단철도의 지분율은 67%로 늘어났지만, 러시아 정부 소유인 러시아 철도공사에서는 추가로 주식 발행을 할 수 있는 권한이 있었다.

이는 다시 말해 현재 부란의 지분 비율이 바뀔 수 있다는 말이다.

물론 러시아 정부의 자본 투입이 있어야 했지만, 앞으로 경제 여건이 나아지는 시기에는 충분히 가능한 일이었다.

부란이 100%의 지분을 확보해야만 추가 주식 발행을 원천적으로 막을 수 있었다.

이것은 전략 사업에 대한 러시아 정부의 방어책이기도 했다.

신실크로드의 발표를 들은 러시아 경제 관료들은 이 사업이 러시아에 어떤 도움이 될지 충분히 가늠할 수 있었다.

한국과 일본, 그리고 중국에서 만들어진 제품을 실은 열차들이 끊임없이 유럽으로 향하고, 또한 그 반대가 될 수도 있었다.

동서의 물자 수송은 자본과 인력을 러시아로 끌어들이는 역할이 되어줄 것이다.

"저희가 계획하고 있는 러시아 부흥 계획보다도 현실적이고 실현 가능한 방안입니다. 룩오일NY의 제안을 적극적으로 검토하겠습니다."

새롭게 경제부총리에 올라선 드보르코비치 부총리는 룩오일NY의 요구 조건을 상당히 호의적으로 받아들였다.

드보르코비치는 룩오일NY가 관리하는 인물로 경제부총리에 올라설 때 나의 도움을 적잖게 받았다.

"하하하! 부총리의 말씀을 들으니 더욱 힘이 납니다."

"사실 러시아 경제의 가장 큰 위험으로 다가온 것은 투자 자금에 대한 조달 부족입니다. 알고 계신 것처럼 투자를 진행하고 싶어도 그럴 자금이 없다고 봐야 합니다. 룩오일NY의 적극적인 투자에 저희는 항상 감사하고 있습니다."

드브르코비치의 말처럼 러시아 정부는 적극적으로 투자 유치를 하고 있지만, 생각만큼 투자가 이루어지지 않았다.

과거 수년간 2,000~3,000%였던 것에 이어 현재도 300~400%에 달하는 극심한 인플레이션과 함께 신흥 자본가의 부도덕성, 기업가 정신의 결여, 그리고 관료와 국영기업 지배인의 구태의연한 국가 의존 심리 등이 신규 투자를 저해하는 요인으로 작용하고 있었다.

또한 정부 정책을 따라가지 못하는 구태의연한 러시아 공무원들의 의식과 태도 또한 한몫했다.

현재 러시아는 룩오일NY에 대한 의존도가 나날이 높아져 갔다.

페레스트로이카(재건) 이후 변변한 공장 하나 신설되지 않았다는 평가가 나왔던 시기에 룩오일NY와 도시락의 등장은 러시아 경제에 작은 불씨와 활력을 불어넣고 있었다.

"러시아 국민과 진정 함께하는 기업은 룩오일NY뿐입니다. 룩오일NY이 지금처럼 앞으로 나아가야만 러시아가 성장할 수 있습니다."

나는 자신감 넘치는 말로 드브르코비치 부총리에게 말했다.

룩오일NY 산하 기업들의 투자금은 전체 러시아 기업들의 투자금과 맞먹는 금액으로 올라섰다. 러시아에서 룩오일NY처럼 대규모의 투자를 단행하는 기업들은 없었다.

그나마 에너지 기업들이 원유 가격의 상승에 힘입어 부분적인 시설 투자를 하고 있었다.

"저도 회장님의 말씀에 적극적으로 동감합니다. 룩오일NY에 과도한 힘이 쏠린다는 말이 있지만, 러시아가 다시금 일어나려면 룩오일NY가 더욱더 세계적인 기업으로 성장해야 합니다."

러시아 재무장관인 알렉세이 쿠드린이 내 말이 당연하다는 듯이 편을 들었다.

쿠드린은 러시아의 경제 상황을 정확히 파악하고 있는 인물 중의 하나였다. 그는 서방의 대러시아 투자에 러시아를 종속시키려는 불순한 의도가 숨어 있다고 생각하는 인물이었다.

현재 서방의 투자는 단기간에 이익을 낼 수 있는 금융과 에너지업에 집중되었고, 러시아가 필요로 하는 제조업과 생활 소비재 산업에는 전혀 투자가 이루어지지 않았다.

쿠드린은 이러한 편중된 투자를 러시아의 자원과 국부를 노리는 형태의 투자로 보고 있었다.

하지만 룩오일NY 산하 기업들의 투자는 러시아의 경제 성장에 도움이 되는 직접적인 시설 투자였고 이로 인해 수많은 고용 창출이 이루어지고 있었다.

"그렇게 생각해 주시니 감사합니다. 말씀대로 룩오일NY
가 우뚝 서야지만 서방 기업들과의 경쟁에서 러시아의 이
익을 지켜낼 수 있습니다."

대표적인 사례가 알로사였다.

그동안 헐값에 판매되었던 러시아산 다이아몬드 원석을
국제시장에 제값을 받고 판매할 뿐만 아니라, 보석 브랜드
인 파베르제를 통해서 재탄생한 다이아몬드를 높은 가격에
유럽과 북미, 그리고 아시아에 판매되고 있었다.

러시아 경제 포럼은 러시아 경제 관료들의 룩오일NY에
대한 협조와 지지를 다시 한번 확인하는 계기가 되었다.

또한 닉스홀딩스 산하 기업들의 러시아 진출에 따른 러
시아 정부의 협조와 협력 체계를 확실하게 보장받았다.

러시아 경제는 이제 룩오일NY을 빼고는 말할 수가 없었
고, 룩오일NY가 러시아 내의 투자와 경제 여건을 주도해
나갔다.

"자유민주당에서 독과점을 진행할 수 있는 법안을 발의
했습니다."

러시아의 자유민주당은 개혁 정당이자 옐친을 지지하는
정당 중의 하나였다.

그들은 룩오일NY의 요청을 받고 법안을 발의했다. 여기

에 공산당과 다른 개혁 정당들이 합세하여 법안을 통과시킬 예정이다.

이 모든 절차는 룩오일NY가 다른 사업 분야에 제약 없이 진출하는 걸림돌을 제거하는 첫걸음이었다.

"공산당이 협조한다고는 했지만, 모든 정당이 합심하는 모습을 연출해야 해. 룩오일NY가 특별하다는 것을 러시아 국민들에게도 인식시켜야 하고."

룩오일NY가 확실히 다르다는 것을 정치인과 모든 국민이 인식하게 되어야만 나의 위치가 흔들리지 않는다.

"예, 국회를 장악하고 있는 공산당을 필두로 일곱 개 정당 모두가 이번 법안에 찬성표를 던질 것입니다."

내 말에 루슬란 비서실장이 자신감 넘치는 말로 대답했다.

법안이 통과되면 룩오일NY를 견제할 만한 장치가 없게 된다. 러시아가 혼란스러운 상황이 아니었다면 절대 가능할 수 없는 일이다.

"법안이 통과하는 대로 러스알와 루살을 세레브로와 곧바로 합병 진행하도록 해."

러스알과 루살은 알루미늄 회사였고, 소빈뱅크와 합병된 토치가뱅크가 38%와 47%의 지분을 소유하고 있었다.

소빈뱅크는 두 회사의 지분을 각각 20%씩 더 취득했다.

두 회사 모두 러시아에서 다섯 손가락 안에 들어가는 국영기업이었다.

두 회사와 세레브로가 합병을 진행하면 곧바로 러시아 제일의 알루미늄 업체로 올라설 뿐만 아니라 세계 제일의 생산 업체가 된다.

더구나 현재 국제 알루미늄 가격은 고공 행진을 하고 있었다.

"예, 합병과 관련된 모든 상황을 준비하고 있습니다."

법안이 통과되면 러시아 당국의 허가 없이도 조건을 갖춘 회사는 합병을 진행할 수 있었다.

현재 자본금과 매출, 자본 조달, 자산 등의 조건을 갖춘 곳은 룩오일NY뿐이었고, 해당 조건을 맞출 만한 회사는 앞으로 나오기 힘들었다.

*   *   *

이중호는 예정대로 미국행 비행기에 올랐다.

더 넓은 세상에서 자신을 돌아보고 싶은 생각도 있었기 때문이다.

당분간은 한국에서의 일을 모두 잊고 싶었다.

이중호는 미국의 스탠퍼드 MBA(경영 대학원)에 입학 허가를 받아놓았다.

스탠퍼드 대학은 미국 반도체와 컴퓨터 산업의 심장부인 실리콘밸리 근교에 자리 잡고 있다.

스탠퍼드 MBA 과정은 단기적인 문제 해결이나 경영 기법 소개보다는 산업 전반에 걸친 폭넓은 사고와 분석 능력 배양에 중점을 둔 프로그램을 가지고 있었다.

"한국에 돌아올 때는 모든 것이 달라져 있을 것이다."

긴 비행 끝에 착륙을 알리는 방송이 기내에 나오고 있었다. 비행기 창문 밖으로 샌프란시스코 국제공항이 눈에 들어왔다.

'그래, 흐름이 좋지 않을 때는 잠시 몸을 낮추고 기다리는 거야. 삶의 형태와 중심만 유지한다면 기회는 반드시 오니까.'

이중호는 착륙 후 크게 흔들리는 비행기 안에서 묵직한 진동을 몸으로 즐겼다.

비행기의 흔들림은 조금 뒤 멈춰졌고 동체는 안정을 찾았다. 높은 목표를 가기 위해서 잠시 흔들릴 뿐이라는 것을 이중호는 자위하듯 머릿속에 되새겼다.

*　　　　*　　　　*

룩오일NY는 러시아 정치에도 관여하기 시작했다.

국회를 해산하고 새롭게 12월 치러지는 두마(국회) 의원 선거가 앞으로 옐친 대통령의 행보의 많은 영향을 줄 수 있기 때문이었다.

옐친 대통령을 지지했던 개혁 정당들은 지지부진한 경제 성장과 높은 인플레이션 때문에 옐친에게서 등을 돌리고 있었다.

이는 러시아 국민들의 경제에 대한 불만을 반영한 것이다.

1~2분기보다 물가는 조금 떨어졌다고는 하지만 300%에 달하는 생필품 가격의 상승률은 일반 서민들이 감당할 수 있는 수준이 아니었다.

경제가 나아질 기미가 보이지 않자 이번 선거에도 공산당이 적지 않은 표를 받을 것이라는 예상이 팽배했다.

이번 선거에서 룩오일NY에 협조하는 정치인들을 선별하여 적극적으로 지원할 예정이다.

특히나 각 계열사의 공장이나 핵심 사업장이 있는 지역은 특별히 관리되고 있었다.

두마(국회) 의원에 출마하는 정치인들도 룩오일NY에 줄을 대기 위해 노력하고 있었다.

그것은 룩오일NY의 자금 지원과 출마 지역에서 룩오일

NY 산하 기업들의 영향력이 대단했기 때문이다.

더구나 자신의 출마 지역에 산업 시설을 유치하기 위해서라도 룩오일NY에 밉보이는 행동을 하는 두마 의원은 없었다.

"당선 가능성이 큰 127명이 룩오일NY에 적극적으로 협조하겠다는 서약을 했습니다. 추가 30명 정도가 더 서약할 예정입니다."

127명은 자유민주당과 공산당의 당원으로 룩오일NY에서 관리하는 정치인이기도 했다.

이들 모두가 국회의원으로 당선될지는 모르지만, 이들을 누르고 당선한 당선자들도 룩오일NY에게 적극적으로 협조할 것이 뻔했다.

러시아에 어떠한 지도자가 등장하더라도 룩오일NY가 흔들림이 없이 성장할 토대를 마련해야만 했다.

이미 옐친 대통령 이후에 등장하는 푸틴과도 안전장치를 마련해 놓았다.

또한 IMF를 맞이하여 러시아 경제가 흔들릴 때도 룩오일NY가 성장할 수 있는 토대를 갖추기 위한 작업도 준비해야만 한다.

"사하공화국과 체첸공화국, 그리고 연해주에 대한 관리를 특별히 신경 써야 해."

세 지역은 룩오일NY Inc의 핵심 자산이 모여 있는 곳이다.

"예, 그곳은 저희 사람이라고 할 수 있는 인물들이 당선할 수 있게끔 조처를 할 예정입니다."

러시아 국회의원 선거를 대비한 태스크포스팀이 구성되어 있었다.

이를 위해 전국 방송인 모스크바 방송과 세보드냐 신문사도 나서고 있었다.

친룩오일NY 인사들의 당선을 위해서 2억 달러를 지원할 예정이다.

"확실하게 해야 해. 이번 선거가 러시아는 물론이고 룩오일NY의 미래에도 영향을 줄 수 있으니까"

룩오일NY가 러시아를 움직이기 위해서는 이번 선거가 아주 중요했다. 더구나 이번 선거는 내년에 있을 러시아 대선과도 맞물려 있었다.

*   *   *

룩오일NY가 소유한 전용기를 타고 모스크바에 내린 가인이와 예인이는 어리둥절한 표정이었다.

때마침 소빈뱅크의 임원들이 한국을 방문하기 위해 전용

기를 이용했다.

모스크바로 돌아오는 비행기를 두 사람도 이용한 것이다.

가인이와 예인이는 사람들로 길게 늘어선 일반 입국장이 아닌 VIP 전용 게이트를 이용했다.

모스크바 공항의 입국 심사는 무척 까다롭고 시간이 걸리기로 유명했다. 하지만 룩오일NY의 전용기를 이용하는 인물들에 한해서는 그러한 것이 없었다.

"오빠가 정말 잘나가기는 하나 보다?"

전용기를 타고 온 가인이는 일반 비행기 내부와는 전혀 다른 인테리어와 내부 모습에 놀랐다.

전용기 내부 거실에는 푹신한 가죽 소파들과 침대까지 구비되어 있었다.

좁은 비행기 좌석에 앉아서 러시아의 모스크바까지 날아온 것이 아니었다.

"그렇게 말이야. 어느 정도는 예상했지만, 이 정도일 줄은 몰랐어."

예인이도 타고 온 비행기 안에서 받았던 극진한 대접과 공항 관계자들이 자신들의 대하는 모습이 보통과 다르다는 것을 확실히 느꼈다.

정말이지 김포공항과 모스크바 공항에서의 출입국의 모

습이 확연히 달랐다.

모스크바 공항 관계자가 비행기에서 내리는 순간부터 출국장까지 두 사람을 에스코트하며 안내한 것이다.

출국장 밖에도 룩오일NY 비서실에서 나온 세 명의 인물이 가인이와 예인이를 기다리고 있었다.

"회장님께서 보내셨습니다. 이쪽으로 가십시오."

가인이에게 말하는 인물은 정확하게 한국어를 사용했다.

"회장님이요?"

가인이는 순간 회장이라는 말에 되물었다.

"예, 강태수 회장님께서 보내셨습니다."

룩오일NY 비서실에서 나온 빅토르 최는 강태수라는 말을 강조하며 말했다.

"태수 오빠가 회장님인 거예요?"

옆에 있던 예인이가 호기심 넘치는 얼굴로 물었다.

"예, 러시아 최대 그룹인 룩오일NY을 이끌고 계십니다. 자, 이리로 가시지요."

빅토르 최의 말에 가인이와 예인이의 예쁜 두 눈이 더 커졌다.

공항 밖에는 방탄 리무진과 벤츠 3대가 대기하고 있었다.

그 주변에는 십여 명의 경호원들이 말쑥한 정장 차림으

로 두 사람을 맞이했다.

"여기에 타라고요?"

"예, 차로 40분 정도 걸릴 것입니다."

빅토르 최는 두 사람에게 차 문을 열어주며 말했다.

"와! 정말이지 장난이 아니네."

가인이는 리무진 뒷좌석에 앉으며 말했다.

"러시아에서 조금 잘나간다고 했는데, 이건 대통령이 타는 차 아니야?"

예인이도 커다란 방탄 리무진에 놀란 표정으로 말했다.

쿵!

묵직한 차 문이 닫히자 선두에 선 벤츠 두 대가 움직였다. 리무진 뒤로도 벤츠 한 대가 호위하듯 조용히 뒤따랐다.

리무진에는 룩오일NY를 상징이 그려진 깃발과 러시아 국기가 휘날렸고, 경호 차량인 벤츠들에는 코사크의 표식이 차량에 부착되어 있었다.

차량의 움직임은 코사크 정보센터에서 실시간으로 파악하고 있었다.

모스크바 중심지로 향하는 4대의 차량에 도로를 달리던 차량이 옆으로 비켜서며 자리를 양보했다.

거리에서 교통정리를 하던 러시아 경찰들도 차량 행렬을

보자 수신호를 하며 가인이와 예인이가 탄 차량을 먼저 통과시켰다.

"차들이 모두 비켜서네."

"정말. 저기 봐, 경찰이 다른 차량을 막아서잖아."

가인이와 예인이는 도로에서 벌어지고 있는 일들이 신기한 듯 말했다.

서울에서 볼 수 없었던 일이 러시아에 도착하자마자 벌어지고 있었다.

Chapter 4

　가인이와 예인이가 짐을 풀어놓은 곳은 닉스호텔의 최고급 객실인 프레지덴셜 스위트룸이었다.

　최상층에 125평 규모의 복층으로 만들어진 프레지덴셜 스위트룸은 새롭게 조성된 룩오일파크와 모스크바시의 전경이 전면 유리창을 통해서 한눈에 들어왔다.

　객실 안에는 열 평 정도의 릴렉세이션 풀이 있어 실내에서 수영과 물놀이를 즐길 수 있었다.

　객실 안은 최고급 호두나무를 활용하여 바닥과 벽면을 처리했고, 2개의 베드룸과 리빙룸, 드레스룸, 간이 부엌, 회의실에 사우나 시설까지 갖추었다.

새롭게 탄생한 닉스호텔은 모스크바에 있는 최고급 호텔 중에서도 첫손가락에 꼽는 호텔로 손꼽혔다.

"와! 장난이 아니네."

가인이는 방에 들어서자마자 감탄사를 쏟아냈다.

"언니, 여기에 실내 수영장도 있어."

예인이도 릴렉세이션 풀을 보자마자 감탄사를 뱉어냈다. 수영장에서 앞쪽으로는 수많은 나무들로 가득한 룩오일파크가 한눈에 들어왔다.

기존 공원을 확대한 룩오일파크는 아름드리나무들과 함께 곳곳에 연못이 조성되어 있었다.

룩오일맨션과 구분되는 곳은 하나의 거대한 숲이 조성되었다.

"정말 멋지다."

전면 유리창을 통해서 보이는 룩오일파크의 전경이 아름다웠다.

때마침 붉은 노을이 숲의 뒤로 펼쳐져 있어 아름다움이 더했다.

"이런 곳에서 묵게 될 줄은 꿈도 꾸지 못했는데 말이야."

예인이는 창가로 다가가 멀리 보이는 크렘린 궁을 바라보며 말했다.

"회장님께서는 회의 참석 때문에 1시간 후에 오실 것입니다. 그동안 편히 쉬고 계십시오."

"예, 안내해 주셔서 감사해요."

빅토르 최는 두 사람에게 인사를 하고는 방을 나갔다.

"오빠가 이곳에서 대단한 사람이긴 한 것 같아."

"그렇게 말이야. 이 호텔도 소유하고 있다고 하니까."

"정말 어떨 때 보면 불가사의한 사람 같기도 해."

"특별한 사람 중에서도 아주 특별한 사람이야. 이런 일을 단시간 내에 만들어냈다는 것이 정말 믿기 힘든 일이잖아."

예인이의 말에 가인이가 동조하듯 말했다.

가인이는 서울대에서 경영학을 전공하고 있어 기업과 경제 활동에 대해 잘 알고 있었다.

지금 내가 이룩한 일들은 사실 학교에서 배우는 학문으로는 설명되지 않은 일이었다.

"처음 봤을 때는 조금 어리숙하게 보이기도 했는데 말이야."

"어리숙한 정도가 아니었지. 정말 어리바리했다니까. 물론 지금은 아니지만. 오빠가 올 때까지 방 구경이나 더 하자."

가인이는 실내 수영장에 손을 담그며 말했다.

"2층도 궁금한데."

가인이와 예인이는 밝게 웃으며 2층으로 향했다.

*　　　*　　　*

닉스호텔에 도착한 시간은 저녁 8시가 될 때였다.

소빈뱅크 관계자들과의 회의가 생각보다 길어졌다. 미국 기업들에 대한 투자 금액을 정하기 위한 회의였다.

올해와 내년은 미국을 이끌 핵심 닷컴 기업들이 하나둘 모습을 드러내는 시기였다.

또한 북미 지역에서 인기와 영향력을 확대하고 있는 닉스커피에 대한 투자도 이루어질 예정이다.

닉스커피는 자체적으로 나오는 수익들을 다시금 해외 커피 농장 인수와 시설 투자에 재투자하고 있었다.

전 세계의 커피 애호가들에게 사랑을 받기 위한 과감한 투자가 계속되고 있었다.

소빈뱅크는 이를 지원하기 위해 3억 2천만 달러를 투자할 것이다.

3억 2천만 달러는 신규 매장 확대와 직원들의 교육을 위한 커피대학 설립에 투자될 것이다.

닉스커피대학은 이미 설립된 커피교육센터를 확대하는 것으로 향후 전 세계의 닉스커피 매장 직원들과 커피 바리

스타를 전문적으로 배출할 전문학교였다.

또한 닉스커피는 3년 후 뉴욕 증권거래소에 상장할 예정이다.

"서울에는 갈 수 없으니 이렇게라도 봐야겠지."

닉스호텔로 들어가자 연락을 받은 지배인이 다가와 나를 안내했다.

그때 로비의 응접실에서 표도르 강을 유심히 살펴보는 인물이 있었다.

신문을 보는 척했지만, 눈길은 계속 표도르 강을 주시했다.

금테 안경을 쓰고 있는 사내는 멋진 콧수염을 기르고 있었다.

그는 모스크바 8대 세력 중 하나였던 말르쉐프의 최측근 경호원이자 암살자로 활동했던 이고리였다.

'쉽지 않겠군.'

이고리 눈에 비친 표도르 강 주변에만 열다섯 명의 경호원들이 있었다.

다들 평범하지 않은 인물들이었다.

이고리가 움직이는 즉시 표적이 될 수 있었다. 더구나 표도르 강 또한 보통이 아니었다.

이고리는 러시아를 떠나 동유럽에서 용병 활동을 했다.

그러던 중 코사크에 의해서 그가 소속되었던 외로운 늑대가 괴멸되는 것을 보았다.

그리고 우연히 코사크의 주인이 표도르 강이라는 사실을 들었고, 그가 자신을 떠돌이로 전락하게 한 사람과 동일 인물임을 알게 되었다.

자신이 경호했던 말르쉐프는 자신을 죽음에서 구해준 생명의 은인이었다. 이고리는 그를 끝까지 지키겠다고 맹세했었다.

그러나 표도르 강에 의해서 그 맹세가 깨지고 말았다.

'내가 한 맹세를 지켜야겠지. 지금껏 내 앞길을 막아선 놈들은 다 사라지게 했으니까.'

이고리는 표도르 강을 반드시 죽여야 할 이유가 또 있었다.

표도르 강을 죽이면 미화로 1천만 달러를 주겠다는 의뢰가 들어왔기 때문이다.

의뢰자는 누구인지 알 수 없지만, 계약금으로 이미 1백만 달러가 이고리에게 지급되었다.

천만 달러는 새 출발을 할 수 있는 충분한 돈이었다.

표도르 강이 올라탄 엘리베이터는 프레지덴셜 스위트룸이 자리 잡고 있는 17층에 멈추었다.

엘리베이터에 내리자마자 발걸음이 바빠졌다.

가인이와 예인이를 보지 못한 지도 두 달이 넘었다. 시간이 날 때마다 가인이와 통화를 했지만, 얼굴을 직접 보는 것과는 달랐다.

룸 입구에 자동키를 대자 문이 열리는 소리가 늘렸다.

"오빠 왔다!"

문을 열고 들어가자마자 큰 소리로 외쳤다.

하지만 기대했던 것과는 달리 반응이 없었다.

"위층에 있나?"

객실 내 2개의 베드룸 중에 하나는 2층에 있었다. 나는 2층으로 올라가는 계단이 있는 곳으로 향했다.

그곳으로 가기 전 릴렉세이션 풀이 있는 곳을 지날 때였다.

"푸아!"

수영장에서 잠수하며 수영을 즐기던 예인이가 긴 머리를 휘날리며 물속에서 솟구쳤다.

물소리에 절로 고개가 옆으로 돌려졌다.

예인이가 입고 있는 수영복은 닉스프리에서 한정판으로 제작한 비키니였다.

나는 가인이와 예인이에게 비키니를 선물했었다.

우유처럼 뽀얀 살결과 함께 예인이의 매끈한 몸매가 여

실히 드러난 채로 내 눈에 들어왔다.

작지 않은 가슴 아래로 군살 하나를 찾아볼 수 없는 팔등신 몸매는 예술이었다.

'아름답다.'

예인이의 모습은 정말 다른 생각이 들지 않았다. 그냥 순수하게 아름답다는 말이 절로 떠올랐다.

"어! 언제 온 거야?"

멍하니 자신을 바라보고 있는 나를 발견한 예인이는 환한 미소를 지으며 말했다.

"방금 왔어. 오빠 왔다고 큰 소리로 말을 했는데, 물속에 있어서 못 들었나 보구나."

"그랬구나. 수영하고 있어서 못 들었어. 여긴 정말 멋진 곳이야."

예인이는 자신을 바라보는 나의 시선을 피하지 않았다. 오히려 내가 비키니를 입고 있는 예인이의 모습을 정면으로 바라볼 수 없었다.

비키니의 상의 위로 예인이의 가슴골이 훤히 드러나 보였기 때문이다.

지금까지 가인이나 예인이가 비키니를 입고 있는 모습을 본 적이 없었다.

"여기서 바라보는 주변 경치가 나쁘지 않을 거야."

"경치뿐만 아니라 호텔 방도 너무 멋져. 초대해 줘서 정말 고마워"

"어, 그래. 가인이는?"

더는 예인이를 바라볼 수 없어 두리번거리며 가인이를 찾았다.

"방금 수영 끝내고 2층으로 올라갔어."

예인이의 말에 2층으로 올라갈 수도 없었다. 옷을 갈아입거나 샤워를 하고 있을 수도 있었다.

"그랬구나. 난 거실에 있을게."

수영복 차림의 예인이로 인해 살짝 붉어진 얼굴을 숨기려 리빙룸으로 향하려고 했다.

"오빠, 수건 좀 가져다줄래요?"

예인이가 수영장에서 걸어 나오면서 말했다. 수영장 옆에 있던 놓여 있던 수건은 젖어 있었다.

"어, 그래. 잠시만."

나는 빠른 걸음으로 욕실로 향했다.

"후유! 큰일 날 뻔했네. 몸매가 정말 장난이 아니네."

욕실에 들어선 나는 잠시 숨을 골랐다.

고등학교 시절 부산해수욕장에서 보았던 예인이가 아니었다.

그때는 수영복 위로 티셔츠도 입고 있었다.

성숙한 아가씨가 된 이후 가인이는 몇 번 몸매가 드러나는 옷을 통해서 몸매를 가늠할 수 있었지만, 예인이는 오늘 처음으로 숨겨져 있던 몸매를 적나라하게 보았다.

'예인이의 가슴도 작지 않구나.'

"나 참, 별생각을 다 하네."

비키니를 입은 예인이의 모습이 쉽게 머릿속에서 떠나지 않았다.

수건이 있는 선반 위로 손을 뻗어 수건을 잡으려고 할 때였다.

누군가가 허리를 감싸며 나를 뒤에서 안았다.

"송가인, 또 장난이야."

순간 가인이가 장난을 하는 줄로 알았다. 하지만 가인이가 아니었다.

내 허리를 잡은 양손이 물에 젖어 있었다.

*   *   *

등 쪽에서 뭉클한 느낌과 떨림이 동시에 느껴졌다.

가인이었다면 이런 떨림이 전해져 오지 않았을 것이다.

"예인아……."

생각지도 못한 예인이의 행동에 어떤 말을 해야 할지 몰랐다.

"잠시만, 아주 잠시만 이렇게 안고 있을게요."

예인이의 말처럼 30초 정도 지나자 허리를 잡고 있던 두 손이 스르르 풀어졌다.

"수건이 필요하다고 했지."

어색한 분위기를 바꾸기 위해서 예인이에게 수건을 건네 주었다.

난 예인이를 똑바로 바라볼 수 없었다.

"오빠, 나 유학 갈 거예요."

수건을 건네받은 예인이의 입에서 예상치 못한 말이 나 왔다.

"갑자기 유학은 왜?"

유학은 언젠가 예인이가 나에게 했던 말이었다.

"오빠 옆에 있으면 나도 무척 힘들지만, 언니도 많이 힘 드니까요."

젖은 머리카락에서 떨어져 내리는 물방울이 마치 예인이 가 흘리는 눈물처럼 보였다.

"그게 무슨 말이야?"

"언니는 처음부터 알고 있었을 거예요. 내가 오빠를 사랑 하는 것을요. 쌍둥이들은 남들이 갖고 있지 못한 텔레파시 를 통해서 서로가 느끼는 감정을 알 수가 있죠."

"그게 정말이니?"

"아마 알면서도 모른 척했을 거예요. 우린 어린 시절부터 좋아하는 것이 언제나 똑같았어요. 인형도, 동화책도, 좋아하는 색깔도, 그리고 좋아하는 사람도……."

'아! 그런 것도 모르고……'

"……"

난 아무런 대답을 할 수 없었다.

가인이가 이런 일을 전혀 모르고 있다고만 생각했었다.

"후! 이제 조금 속이 후련하다. 어떻게든 오빠를 떨쳐내려고 했는데 잘 안 됐었어요. 언니도 그걸 바랐겠지만 내 마음이 그걸 원하질 않네요. 이젠 걱정하지 마세요, 한국에 돌아오려면 아주 긴 시간이 필요할 거예요."

'아니, 어쩌면 영영 돌아오지 않을 수도 있겠지……'

예인이는 내게 받은 수건을 손에 들고서 젖은 머리를 감싼 채로 샤워장을 나갔다.

마지막 말은 아주 작게 읊조리듯 말해 알아들을 수가 없었다.

예인이의 말에 나는 머리를 망치로 맞은 듯이 멍했다.

가인이와의 결혼은 기정사실처럼 생각하고 있었고, 예인이는 예쁜 처제로서 함께 어울리며 살아갈 생각을 했다.

하지만 예인이의 말을 듣고 나니 더는 그럴 수가 없다는 것이 느껴졌다.

아마도 예인이는 내가 한국에 없는 동안 수많은 생각과 고민을 한 것 같았다.

"후! 결국, 이 길뿐인가?"

내가 선택할 수도 해결할 수도 없는 일이었다.

솔직히 일을 핑계 삼아 나를 향한 예인이의 감정을 모른 척 외면하기만 했다.

어쩌면 시간이 지나면 해결될 거라는 막연한 생각을 하고 있었는지도 모른다.

하지만 예인이의 감정을 가인이도 알고 있었다면 시간이 해결해 줄 문제가 아니었다.

*   *   *

다음 날 저녁을 먹기 위해 최고급 레스토랑인 루불랑으로 향했다.

루불랑은 말르노프의 샤샤가 운영하는 레스토랑이기도 했다.

루불랑으로 향하는 차 안에서 나는 가인이와 예인이가 즐겁게 떠드는 소리를 듣기만 했다.

몇 번 가인이가 나를 향해 말을 건네도 예인이가 했던 말을 생각하느라 대꾸를 바로 하지 못했다.

"일을 좀 줄여. 이런 모습을 보여주려고 부른 것은 아니지?"

"미안, 나도 모르게 그만."

"돈만 무지 많으면 뭐 해. 여자 친구하고 데이트할 시간이 없는데."

어떤 말로 대꾸할지 떠오르지 않았다.

그때 다행히도 가인이의 말이 끝나자마자 루불랑에 도착했다.

차 문이 열리자 나를 비롯한 두 사람도 내릴 수밖에 없었다.

레스토랑의 격식에 맞게끔 이브닝드레스를 입은 가인이와 예인이가 식당 안으로 들어서자 사람들의 시선이 모두 두 사람에게로 쏠렸다.

모스크바에는 미인이 많았다.

하지만 두 사람의 미모는 일반적인 미인의 형태를 벗어난 아름다움을 가졌다.

청초하고 이지적인 아름다움과 함께 우아한 기품까지 묻어나오는 가인이와 예인이의 목과 귀에는 파베르제에서 제작한 다이아몬드 귀고리와 목걸이가 걸려 있었다.

두 사람이 자리에 앉을 때까지 따가운 시선을 느껴야만

했다.

"사람들이 다들 우리만 보는 거 같아."

가인이가 의자에 앉자마자 말했다.

"우리가 아니라 너하고 예인이를 보는 거야. 오늘따라 두 사람 다 무척 아름답잖이."

영화 속에 나오는 공주라고 해도 믿어줄 수 있는 모습들 이었다.

"너무 차려입은 것 아닌지 모르겠어."

예인이도 주변 시선이 부담스러운 듯 말했다.

"옷과 보석이 화려한 게 아니라 두 사람의 모습이 아름다 워서 그래."

"오늘 너무 띄워주는데."

가인이가 싫지 않은 표정으로 말했다.

"띄워주긴. 사실을 말하는 건데."

내 이야기가 끝나자 루블랑의 지배인이 테이블로 다가왔 다.

"오셨습니까? 준비는 다 해놓았습니다."

"그럼, 바로 식사를 하지."

"예, 먼저 아페리티프(식전) 와인을 올리겠습니다."

지배인이 손짓하자 종업원이 얼음에 담긴 모엣 샹동을 내왔다.

"레스토랑이 무척 고풍스럽네. 샹들리에도 아름답고, 마치 궁전에 와 있는 것 같아."

예인이가 레스토랑 주위를 보면서 말했다.

루불랑은 그녀의 말처럼 프랑스 궁전 내부에 와 있는 듯한 모습이었다.

"베르사유 궁전 거울의 방을 모티브로 삼아서 만든 레스토랑이야. 샹들리에와 실내 장식들도 다 프랑스에서 들여왔지."

"어쩐지 레스토랑치고는 너무 화려하다는 생각도 들었어."

가인이가 레스토랑의 화려한 장식들을 살피며 말했다. 두 사람의 눈에 비친 루불랑은 한국에선 볼 수 없는 레스토랑이었다.

우리가 식사하는 테이블의 건너편에서 미녀와 식사를 하는 사내가 가인이와 예인이에게 눈길을 주고 있었다.

'후후! 일이 쉽게 풀릴 수 있겠군.'

입가에 살짝 미소를 지으며 웃음을 짓는 인물은 다름 아닌 이고리였다.

표도르 강이 움직이는 동선을 이고리는 알고 있었다. 의뢰자가 그에게 정보를 주고 있었기 때문이다.

이고리는 지금 눈에 들어오는 여자들이 표도르 강에게 특별한 여자들임을 직감적으로 알 수 있었다.

지금껏 살펴본 바로 표도르 강은 여자들과 함께 어울린 적이 없었다.

더구나 지금 테이블에서 함께 식사하는 여자들은 동양인이었고, 표도르 강이 사용하는 한국어로 대화를 나누고 있었다.

"그만 일어날까?"

이고리의 말에 여자는 의자에서 일어났다.

함께한 여인은 고급 식당인 루불랑에서 함께 식사를 해주면 2백 달러를 준다는 말에 따라온 여자였다.

이고리가 팔을 내밀자 여자는 이고리가 자신의 애인인 양 팔짱을 끼었다.

식대를 내고 밖으로 나온 이고리는 약속대로 여자에게 2백 달러를 주었다.

이고리가 밖으로 나오자 루불랑의 직원이 다가왔다.

주차된 이고리의 벤츠가 있는 장소를 안내하기 위해서였다.

"차를 여기로 가져다주면 10달러를 주지."

"감사합니다. 바로 가져다 드리겠습니다."

이고리가 차 키와 함께 미화로 10달러를 내밀자 직원은 연신 고개를 숙였다.

팁을 루블화로 주는 손님은 있어도 달러로 주는 손님은 드물었다. 더구나 10달러는 더욱.

2~3분 정도 지나자 루블랑의 직원이 이고리의 벤츠를 몰고 왔다.

"잠시만 여기에 차를 대놓게. 담배 좀 사 가지고 오겠네."

이고리가 10달러짜리 지폐를 다시금 건네자 직원의 눈이 커졌다.

"예, 걱정하지 마시고 다녀오십시오."

이고리가 차에서 내린 직원의 어깨를 두드리며 담배를 파는 가게가 있는 쪽으로 걸어갔다.

*   *   *

"깔깔깔! 맞아, 그때 오빠 모습은 정말 꽝이었다니까."

내가 염려했던 거와는 달리 가인이와 예인이는 즐거운 모습으로 식사했다.

"호호호! 맞아. 정말 신기하다니까, 어떻게 이런 멋진 사내로 바뀌었는지 말이야."

가인이의 말에 예인이가 웃으며 말했다.

날 바라보며 웃는 예인이의 눈빛은 한 가지로 정의하기 힘들었다. 그녀의 눈동자에는 애처로우면서도 강렬한 애정이 서려 있었다.

"나도 보면 볼수록 신기하다는 생각이 들어."

"내가 그 정도로 못난이였지는 않았을 텐데."

"남자가 보는 눈하고 여자가 보는 눈이 다르다고. 물론 지금은 아니지만."

"지금은 어떤데?"

내가 질문을 던질 때였다.

쾅!

쨍그랑!

강렬한 폭발음과 함께 루블랑의 유리창들이 깨져 나가며 식당 안이 지진이 일어난 것처럼 크게 흔들리는 순간, 천장에 매달려 있던 샹들리에들이 떨어졌다.

"아악!"

"악!"

그리고 곧이어 비명이 여기저기서 들려왔다.

루블랑은 순식간에 엉망이 되었고, 부상자들은 물론 움직일 수 있는 사람들은 너 나 할 것 없이 레스토랑 밖으로 뛰쳐나갔다.

다행스럽게도 우리가 식사한 테이블은 폭발한 곳에서 좀

더 떨어져 있었다.

하지만 폭발음과 충격파에 의해 난 의자 아래로 나뒹굴었고 정신을 차릴 수가 없었다.

충격파 때문인지 소리가 들리지 않고 귀가 먹먹했다.

가인이와 예인이를 살피려고 할 때쯤 경호원들이 나를 부축하고는 이동하기 시작했다.

위급한 상황에서 최우선은 나의 안전이었다.

가인이와 예인이를 챙기라는 말을 할 사이도 없이 나를 태운 차량이 급하게 루불랑을 떠났다.

차에 올랐지만, 정신을 차릴 수가 없었다.

이마에서 피가 흘러내리는 느낌이 들었다.

나를 태운 차량은 경호 차량과 함께 곧장 소빈메디컬센터로 향했다.

모스크바는 비상이 걸렸다.

루불랑에서 발생한 폭탄 테러에 다섯 명이 죽고 수십 명의 부상자가 나왔다.

그중 서너 명은 위급한 상황이었다.

더구나 루불랑에서 식사를 한 인물들 대다수가 재력가와 기업인들이었다.

그중에 룩오일NY의 총수인 표도르 강이 포함되었다는

소식에 경찰을 비롯한 러시아연방안전국(FSB)에 비상이 걸렸다.

더불어서 코사크의 타격대와 경호 인력들이 대거 소빈메디컬로 투입되었다.

코사크 정보센터는 이번 사건의 범인을 잡기 위해 모든 정보망을 가동했고 대원들 모두가 비상근무체제에 돌입했다.

또한 소식을 들은 루블랑의 주인 샤샤는 좌불안석이었다.

자신이 운영하는 레스토랑에서 발생한 사고로 인해 표도르 강이 부상을 당했기 때문이다.

현재로써는 체제 불만 세력의 테러인지 아니면 자신을 노린 이탈리아 마피아들의 공격인지 알 수 없었다.

샤샤 또한 범인을 잡기 위해 전 조직원을 동원하고 있었다.

잘못하면 자신의 위치가 이번 사고로 흔들릴 수 있기 때문이다.

"끙! 여기는?"

머리에 붕대가 감겨 있었다. 난 차량으로 이동 중에 정신을 잃었다.

폭발로 인해 날아온 파편이 머리를 강타했기 때문이다.

"정신이 드십니까?"

내 눈에 들어온 것은 티토브 정이었다.

"가인이와 예인이는 어떻게 되었습니까?"

머리가 깨질 듯이 아팠다.

"두 분 다 무사하십니다. 한데 송가인 씨가 깨어나지 못하고 있습니다."

"그게 무슨 말입니까?"

티토브 정의 말에 나는 놀라 되물었다.

"폭발로 인해 샹들리에가 테이블로 떨어져 내렸습니다. 그때 가인 씨가 머리에 충격을 받으신 것 같습니다."

"어디에 있습니까?"

"회장님은 안정을 취하셔야 합니다."

티토브 정과 함께 서 있는 의사가 일어서려는 나를 말렸다.

"지금 그게 문제가 아니야. 가인이가 있는 곳이 어디냐고?"

내 말에 티토브 정이 뒤에 있는 경호원들에게 고개를 끄떡였다.

두 명의 경호원이 병원 침대에서 일어나려는 나를 부축했다.

몸을 일으키려고 하자 순간 핑 도는 어지러움이 찾아왔다.

의사의 말처럼 몸이 내 맘처럼 움직이지 않았다.

하지만 이대로 있을 수 없었다. 가인이가 어떤 상태인지를 알아야만 했다.

가인이는 중환자실에 잠을 자듯이 누워 있었다.

중환자실의 유리창으로 멍하니 바라보고 있는 예인이가 눈에 들어왔다.

예인이의 붉어진 눈에서는 하염없이 눈물이 흘러내리고 있었다.

누워 있는 가인이를 보자 나도 모르게 눈물이 흘러내렸다.

중환자실로 오는 도중에 가인이의 상태를 전해 들었다.

가인이는 의식불명 상태인 코마(coma)에 빠지고 말았다.

컴퓨터 단층 촬영(CT)를 통해서 혼수상태의 원인이 될 수 있는 뇌출혈을 조사했지만, 출혈은 없었다.

아직 조사를 더 해봐야지만 혼수상태에 원인을 아직은 알 수 없었다.

혼수상태가 지속된다면 영영 깨어날 수 없는 죽음에 이를 수도 있었다.

"예인아, 괜찮니?"

내 말에 울고 있는 예인이가 돌아보았다.

"언니, 언니가 나 대신… 엉엉!"

예인이는 나를 보자마자 내 품에 안겨 큰 소리로 울기 시작했다.

알고 보니 샹들리에가 떨어질 때 가인이가 예인이를 옆으로 밀쳐냈다.

그리고 동생 대신 샹들리에에 머리를 다친 거였다.

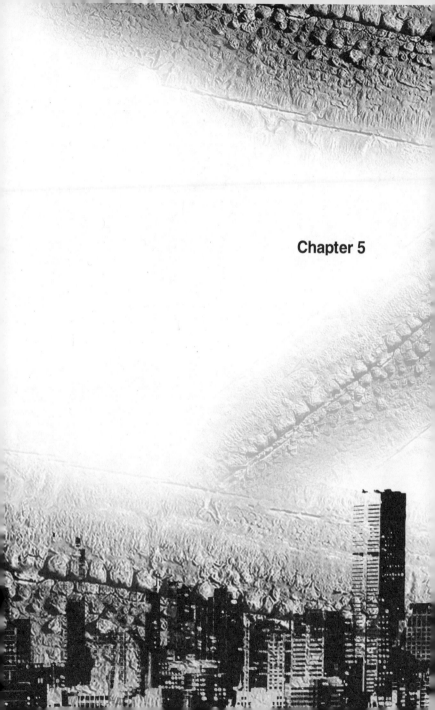

Chapter 5

　모스크바 치안 당국은 비상사태였다.

　기업인들을 대상으로 일어난 폭탄 테러는 다음 날 두 명이 더 사망하여 일곱 명의 사망자가 발생했다.

　폭탄이 터진 차량은 독일제 벤츠였고, 차를 댈 수 없는 레스토랑 앞에 정차되어 있었다.

　문제의 차량이 왜 레스토랑 앞에 주차되어 있었는지는 알 수 없었다.

　그날 벤츠 주변에 있던 사람들과 주차를 담당했던 직원들 모두가 사망했기 때문이다.

사고가 발생한 루불랑에 벤츠를 타고 온 인물들을 대상으로 고강도 조사에 들어갔다.

한편으로 모스크바에 입국한 외국인들과 마피아들에 대한 조사도 대대적으로 이루어졌다.

혼자서는 이번 폭탄 테러를 계획할 수 없기 때문이다.

말르노프의 샤샤는 자발적으로 코사크의 조사에 임했고, 다른 조직들도 경찰과 FSB(러시아연방안전국)의 조사를 받았다.

모스크바를 제외한 다른 지역의 마피아 조직들도 대대적인 조사가 이루어졌다.

코사크는 타격대들을 앞세워 의심될 만한 조직들과 단체들을 거침없이 조사했고, 반항하는 조직들은 와해시켜 버렸다.

폭탄 테러로 인해 애꿎은 조직들이 된서리를 맞고 있었다.

코사크와 FSB는 전 정보력이 가동되어 범인을 찾기 위해 노력 중이었다.

그 결과 범인으로 지목된 인물은 다섯 명으로 압축되었고, 폭탄을 제조한 인물이 체포되었다.

이틀이 지났지만 가인이는 깨어나지 못하고 있었다.

의식이 돌아오지 못할 뿐, 다른 곳은 전혀 이상이 없었다.

가수면처럼 깊숙한 혼수상태도 아니었지만 가인이는 어떤 이유에서인지 깨어나지 않았다.

예인이는 이틀 동안 잠을 자지 않은 채 가인이를 지켜보았다.

깨어나지 못하는 것 이외에는 안정된 모습을 보이는 가인이는 특별 병실로 옮겨졌다.

특별 병실은 보호자가 생활할 수 있는 방이 호텔처럼 꾸며져 있었다.

"조금이라도 잠을 자야지."

가인이 곁을 지키는 예인이가 안쓰러웠다.

자기 때문에 언니가 대신 다쳤다는 생각 때문인지 선혀 잠을 자지 않고 가인이 옆을 지켰다.

"아니, 내가 자면 언니가 깨어날 수 없을 것 같다는 생각이 들어."

"그러다가 네가 쓰러지면 어쩌려고."

"괜찮아, 오빠. 난 보기보다 튼튼해."

예인이는 애써 미소를 지으려 했지만, 이전처럼 환한 미소가 아니었다.

"관장님은 아직 연락이 되지 않았어. 아마도 수련을 하고 계신 것 같아."

송 관장은 수시로 집을 떠나 사람들이 찾지 않는 산으로 들어가 수련했다.

흑천과의 조우 이후 송 관장은 한동안 산을 찾지 않았었다.

"차라리 아빠가 모르는 게 나아."

예인이의 말처럼 끔찍하게 아끼는 딸이 혼수상태에 빠졌다는 소식을 전해 들으면 송 관장은 평정심을 잃을지도 모른다.

사랑하던 부인을 떠나보낸 후, 송 관장은 한동안 방황을 했었다. 그 방황이 오래가지 못했던 것은 가인이와 예인이 때문이었다.

"가인이는 강해. 곧 깨어날 거야."

"알아, 언니는 계속 누워 있을 사람이 아니야. 범인은 찾았어?"

"폭탄을 만든 인물이 체포되었으니까. 조만간 범인도 체포될 거야."

폭탄을 제조한 인물은 아프가니스탄에 참전했던 공병대원으로 이름은 게나디였다.

게나디는 공병대에서 폭발물을 전문적으로 다루었던 인물로 제대 후 제대로 된 직업을 갖지 못하고 있었다.

그런 그는 폭발물 제조의 대가로 미화 5천 달러를 받았다.

"범인은 내가 절대 용서하지 않을 거야."

말과 함께 예인이의 몸에서 풍겨 나오는 기운에 나도 모르게 뒤로 한 걸음 물러났다.

너무나 차가운 예인이의 기운은 마치 바늘이 피부를 뚫고 들어오는 것 같은 느낌이었다.

*　　　*　　　*

게나디는 폭발물 의뢰자를 알지 못했다.

전화로만 통화했고, 얼굴을 본 적도, 직접 만난 적도 없었다.

게나디는 폭발물을 제작한 후, 의뢰자가 알려준 장소에 폭발물을 옮겨다 놓았을 뿐이라고 주장했다.

게나디가 말한 정황들을 바탕으로 전방위적인 조사가 이루어지자 범인으로 생각되는 인물이 드러났다.

한 달 전 모스크바로 되돌아온 포노마레프 이고리였다.

이고리는 체코에서 들어온 인물이었다.

그리고 그를 도운 것으로 추정되는 3명의 인물이 시체로 발견되었다.

이고리는 놀랍게도 닉스호텔에 일주일간 머무르기까지 했다.

루불랑의 폭탄 테러가 있던 날 이고리는 체크아웃했고, 알렉산드르라는 이름으로 루불랑에 예약을 했다는 것도 알아냈다.

또한 이고리와 함께 루불랑에서 식사를 했던 갈리나 또한 시체로 발견되었다.

코사크에 체포된 게나디를 제외한 범인과 연관된 인물들 모두가 죽음을 면치 못했다.

"이고리의 행방은 추적 중입니다. 놈이 모스크바를 빠져나간 흔적은 없습니다."

DR콩고에서 큰 활약을 펼쳤던 쿠즈민의 보고였다. 그는 팀장에서 정보센터의 부실장으로 승진했다.

쿠즈민은 이고리를 추적하는 전담팀을 맡고 있었다.

"반드시 찾아야 해. 놈을 조종한 인물에게도 선물을 주어야 하니까."

"예, 며칠 내로 행적이 드러날 것입니다."

쿠즈민은 자신감 있는 말투로 말했다.

코사크 정보센터는 사고가 난 후 이틀 만에 이고리와 연관된 인물들 모두 찾아냈다.

소빈메티컬센터 일반병동 702호실에 입원한 스테빤은 조용히 침상에서 일어나 화장실로 향했다.

스테빤은 4인 병실동에 이틀 전 위경련으로 입원했다.

화장실에 들어선 스테빤은 거울에 비친 자신의 얼굴을 살폈다.

"크크! 등잔 밑이 어두운 거지."

스테빤이 손을 들어 쭈글쭈글한 이마 위의 주름을 잡아 당기자 정교한 인피면구가 벗겨졌다.

스테빤은 다름 아닌 코사크와 러시아 경찰이 애타게 찾고 있는 이고리였다.

"사랑하는 사람을 잃은 고통을 확실히 느끼게 해주지."

변기에 버린 인피면구는 세찬 물소리와 함께 사라졌다. 이고리는 화장실에서 나와 환자에게 음식을 제공하고 있는 병원 식당으로 향했다.

이틀간 병실 생활 중에 식당과 특별 병실에 대해서 조사를 마쳐놓았다.

천여 명이 넘는 환자들의 식사를 제공하는 식당은 무척이나 분주했다.

치료에 따라 제공되는 식사가 달라지고, 환자들의 요구

상황들도 고려해야만 했다.

조리실은 서른다섯 명의 직원들이 음식을 준비하느라 바쁘게 움직였다. 그 때문인지 조리실로 들어온 이고리를 눈여겨보는 인물이 없었다.

직원 복장을 한 이고리는 아주 자연스럽게 특별실로 올라가는 음식들을 음식 운반용 카트에 옮겨 담았다.

그러고는 곧장 병원 식당과 연결된 화물 엘리베이터로 향했다.

그때 이고리를 본 한 남자가 말을 붙였다.

"어! 오를로프가 담당이 아니었나?"

"오를로프는 오늘 몸이 좋지 않아서 제가 대신하기로 했습니다."

"어, 그래. 그럼 가는 김에 이것도 6호실에 전달해 줘."

이고리가 목표한 5호실 옆이었다.

"예, 이리 주십시오."

"수고하라고."

사내는 별 의심 없이 음식이 담긴 그릇을 이고리에게 건네주었다.

가끔 직원이 나오지 못할 때는 병원에서 임시 직원을 채용해서 근무시켰다.

이러한 점을 이고리는 사전에 알고 있었다.

엘리베이터에 올라서자마자 이고리는 오를로프라고 써진 명찰을 외쪽 가슴에 달았다.

특별 병실 담당자인 오를로프는 병원 지하에 있는 보일러실 한쪽에 싸늘한 시체로 누워 있었다.

15층에 내리자 엘리베이터 앞쪽으로 간호사 대기실과 15층을 담당하는 의사의 사무실이 눈에 들어왔다.

그리고 그 앞으로 코사크에서 파견된 경호원 3명이 자리하고 있었다.

엘리베이터에 내린 이고리는 그들에게 가볍게 고개를 숙였다.

그중 한 경호원이 이고리에게 다가왔다.

"열어보게."

이고리는 그의 말에 음식 운반 카트에 달린 문을 열었다. 음식 운반 카트 안에는 음식을 담은 접시들 외에 다른 것은 없었다.

루블랑의 폭탄 테러 이후 15층으로 올라오는 물건들은 모두 조사를 받고 있었다.

"좋아, 가봐."

이고리는 그의 말에 고개를 숙인 채 음식 운반 카트를 끌고는 6호실로 향했다.

6호실에 음식을 건넨 후 다시금 옆에 있는 5호실로 음식 운반 카트를 끌고 이동했다.

15층에 자리를 잡은 특별실은 호텔처럼 꾸며진 곳으로 기업인과 고위 외교관들이 많은 돈을 주고서 입원해 있었다.

5호실 앞에도 2명의 코사크 대원이 병실 앞을 지키고 있었다.

"식사를 가져왔습니다."

이고리는 두 사람에게 고개를 숙이며 인사를 건넸다.

"처음 보는 얼굴인데."

경호원은 이고리의 모습을 살피며 말했다.

"담당하는 친구가 몸이 좋지 않아서 일찍 퇴근했습니다."

"네 이름은 뭐지?"

이고리의 말에 오른쪽에 있던 경호원이 물었다. 이고리의 오른쪽에 달린 명찰은 어느새 떼어져 있었다.

'호락호락하지 않군……'

"저는 오늘과 내일만 임시직으로 일할 스테빤이라고 합니다."

이고리의 말에 경호원은 테이블에 놓인 서류철을 집어 들었다. 그는 서류철 안에 있는 담당자들의 이름을 살폈다.

"스테빤이라? 명단에는 없는 이름인데."

"아직 통보가 안 된 것 같습니다. 담당자에게 전화를 한 번 해보십시오."

경호원의 말에 이고리는 당황하지 않았다.

당당한 그의 행동에 두 경호원은 이고리를 의심하던 눈빛이 조금은 풀어졌다.

이고리의 말처럼 전화를 하면 해결될 문제였다.

경호원 손에 들린 무전기는 특별실을 담당하는 병원 관계자와 연결되지 않았다.

무전기는 경호원들끼리 연락을 주고받는 용도였고, 병원 관계자와는 인터폰으로 통화했다.

인터폰은 5호실 안에 비치되어 있었다.

경호원은 인터폰을 걸기 위해 5호실에 자동키를 대었다.

띠리릭!

"여기서 잠시 기다리고 있게."

서류철을 들고 있던 경호원이 5호실로 들어가려는 순간 이고리가 움직였다.

어느 순간 이고리의 손에는 카트 안에 들어 있던 음식용 나이프가 들려 있었다.

이고리는 팽이처럼 몸을 옆으로 회전하며 왼쪽에 있던 경호원의 목에 나이프를 꽂아버렸다.

그 움직임이 너무 빨라 막을 생각조차 하지 못했다.

"큭!"

문을 열던 경호원이 신음성에 뒤를 돌아보는 순간, 이고리의 오른손이 밑에서 위로 경호원의 턱을 그대로 갈겨 버렸다.

"팍!"

손바닥으로 밀어 친 타격에 경호원은 그대로 열린 문 안쪽으로 나뒹굴었다.

이고리는 음식 운반 카트와 함께 목을 부여잡고 있는 경호원의 목덜미를 끌고는 방 안으로 들어왔다.

바닥에 나뒹군 경호원은 이미 의식을 잃은 상태였다.

특수부대 출신인 두 사람이 순식간에 당할 정도로 이고리의 실력은 대단했다.

예전 티토브 정과의 대결에서도 이고리는 전혀 밀리지 않았었다.

고아인 그는 천부적으로 타고난 싸움꾼으로 어린 시절부터 길거리에서 싸움을 익혔다.

또한 러시아 전통 무술인 삼보와 격투술인 시스테마의 달인인 이고리는 수많은 실전을 통해서 살인 기술을 스스로 습득했다.

이고리가 방문의 잠금장치를 확인 후, 가인이가 누워 있는 옆방으로 걸음을 옮기려 할 때였다.

병실이 있는 안쪽의 문이 열리며 예인이가 걸어 나왔다. 예인이는 이고리와 바닥에 쓰러진 경호원을 번갈아 쳐다보았다.

"후후! 사람이 있었군."

이고리는 예인이의 등장에 미소를 지으며 말했다.

"넌 누구지?"

예인이는 이고리를 향해 영어로 물었다. 그러자 이고리의 입에서도 영어가 흘러나왔다.

"크크! 이 상황을 보고도 놀라지 않는군. 너도 경호원인가? 어, 널 어디서 본 것 같은데."

이고리는 예인이가 낯설지 않았다.

"날 봤다면 닉스호텔이나 루불랑에서겠지."

이고리의 말에 예인이는 무심한 말투로 말했다.

"아! 맞아. 표도르 강과 함께 있었던 년이군."

"네가 폭탄 테러를 저질렀나?"

예인이는 병실로 침입한 이고리가 범인 같았다.

"빙고! 내가 저지른 일이지. 그리고 너와 저 방에 누워 있는 여자를 죽이러 온 분이기도 하지."

"잘됐군."

"뭐가 잘됐다는 거지?"

"지금 보니 널 가장 고통스럽게 죽여도 될 것 같으니까."

예인이의 말투와 눈빛이 달라졌다.

'뭐지? 이년은 날 보고도 왜 두려워하지 않지…….'

이고리는 피를 흘린 채 바닥에 쓰러진 경호원들과 자신을 보고도 전혀 두려운 기색이 드러나지 않는 예인이가 이상하게 느껴졌다.

더구나 죽인다고 말했는데도 오히려 자신을 죽이겠다고 말하는 눈앞의 여자가 이고리는 신기하기까지 했다.

*   *   *

"죽음을 두려워하지 않는 눈빛이군."

이고리는 흔들리지 않는 예인이의 눈빛을 보며 말했다.

보통의 여자였다면 이미 비명을 지르며 공포에 사로잡힌 모습을 보여야만 하는 상황이었다.

"날 죽일 수 있는 사람은 세상에 없으니까."

"크하하하! 정말 재미있어. 이곳에서 미친년을 다 만나다니."

이고리는 예인이의 말에 큰 소리로 웃음을 토해냈다. 이고리는 결론을 내렸다.

미치면 공포감도 현실감각도 사라진다.

자신의 눈앞에 있는 여자는 단순히 미친 여자일 뿐이라고.

"이곳에 다시 나타난 이유가 뭐지?"

무심한 듯 자신을 바라보는 예인이의 말에 이고리는 히죽 웃으며 입을 열었다.

"곧 죽을 년이니 말해주지. 표도르 강에게 오랫동안 고통을 주기 위해서지. 가까운 사람이 죽어나가는 고통을 말이야."

"원한이 있었나?"

"크크! 원한보다는 내가 뱉은 말을 지키기 위해서지. 자, 이제 죽을 준비는 되었겠지."

이고리는 입맛을 다시듯 자신의 입술을 핥았다.

"후후! 자기 죽음은 생각지도 못한 채 남의 죽음을 너무 쉽게 뱉어."

비릿한 웃음을 짓은 예인이가 말을 끝내자마자 움직였다.

바닥을 가볍게 차자, 예인이의 몸이 활에서 떠난 화살처럼 움직이며 3m의 거리가 순식간에 좁혀졌다.

'어! 뭐냐?'

퍽!

두 손을 들어 막아야겠다는 생각을 하는 순간 얼굴에 큰 충격이 가해졌다.

그 순간.

우당탕!

이고리의 몸이 중심을 잃고 뒤쪽으로 날아갔다.

"고작 이런 실력을 믿고 여길 찾아온 건가?

뒤쪽에 있는 벽까지 날아간 이고리가 신음성을 뱉었다.

"큭!"

'어떻게 된 거지?'

분명 공격을 막으려고 손을 들었고, 충분히 막아낼 수 있다고 판단했었다.

하지만 생각과 달리 공격을 허용했다.

눈물이 날 만큼 찌릿찌릿한 통증이 콧등 위로 전해졌다.

"크크! 실력을 감추고 있었군."

이고리는 조금 전 공격을 허용한 상황이 믿기지 않았다.

미친년으로 취급했던 예인이의 공격은 지금껏 경험했던 상대와 달랐다.

'동양의 무술 같은데……'

이고리는 천천히 일어나며 예인이의 공격을 곱씹어보았다.

"난 분명 말한 것 같은데. 네가 겪어보지 못한 가장 큰 고통을 주겠다고."

"그래, 그렇게 말했던 것 같군. 이번에는 내가 갈까?"

이고리는 말을 마치자마자 몸을 튕기듯이 예인이를 향해 몸을 날렸다.

먹잇감을 노리는 고양잇과 동물처럼 빠르고 매서웠다.

그 순간 예인이도 바닥을 차며 몸을 허공을 띄워 회전했다.

그 모습이 마치 우주인이 중력이 없는 우주에서 유영하듯이 저절로 떠오르는 것만 같았다.

이고리의 움직임을 예측이라도 한 것처럼 허공에서 360도 회전한 예인이는 이고리의 몸 위로 올라섰다.

마치 새의 깃털이 날카로운 칼날 위로 올라서듯이.

'헉! 이런 말도 안 되는……'

먹잇감으로 생각했던 동물이 전혀 예상치 못한 동작을 펼친 것이다.

"이얍!"

예인이의 입에서 기합 소리가 난 순간 이고리의 몸이 바닥으로 빠르게 떨어졌다.

순간 가볍게 느껴졌던 예인이의 몸이 거대한 바위처럼 무겁게 변했다.

쿵!

무엇을 어떻게 했는지 전혀 알 수 없는 방법으로 공격을 가한 것이다.

"크!"

이번 충격은 절대 가볍지 않았다.

마치 빠르게 달려오는 승용차에 몸을 부닥친 것 같은 충격이 몸에 전해졌다.

적어도 갈비뼈 한두 대가 나간 느낌이 전해졌다.

예인이는 천천히 이고리의 몸에서 떨어졌다.

충분히 공격을 가할 수 있었지만, 다시금 이고리가 일어나길 기다리는 것처럼 연속된 공격을 하지 않았다.

"고작 이 정도의 실력으로 날 죽이려고 한 건가?"

예인이는 이고리을 향해 비웃듯 말했다.

"크크큭! 두 번이나 바닥에 눕게 될 줄이야."

꿈에도 상상할 수 없었던 일이다.

일대일의 싸움에 지금껏 밀려본 적이 없었고, 바닥에 처박힌 것은 언제나 상대방이었다.

"끙! 이번에는 다를 것이다."

이고리는 천천히 일어나며 예인이의 자세를 살폈다.

여자라는 이유로 인해 방심했던 것도 사실이었지만, 평소처럼 상대방의 미세한 움직임까지 살피지 않은 것이 문제였다.

이고리의 눈빛이 바뀌었고, 자세도 처음과 달라졌다.

몸을 움츠리듯 숙인 이고리는 두 손을 앞쪽으로 향했다. 러시아의 무술인 삼보의 자세를 변형시킨 자세였다.

매서운 눈으로 예인이를 바라보고 있는 이고리는 신중하게 한 걸음을 앞으로 내밀었다.

그 순간 눈앞에 있던 예인이가 사라졌다.

'어!'

머릿속에 의구심이 드는 순간 턱에 강력한 충격이 전해졌다.

"컥!"

예인이의 몸이 뒤로 눕듯이 수평이 되는 순간, 오른팔을 이용하여 비틀듯 360도 회전하며 두 발이 연달아 이고리의 턱을 차올린 것이다.

이 수법은 흑천의 화린과의 싸움에서 익힌 것이다.

너무나 빠른 동작에 순간 예인이가 시야에서 사라진 것처럼 보였다.

쿵!

이고리의 몸이 허공으로 띄워지며 그대로 바닥에 처박혔다.

해머로 맞은 것처럼 턱에서는 지독한 통증이 전해졌다. 그리고 입안에 이물질이 느껴졌다.

그건 이고리의 치아였다.

"퉤!"

입안에 고인 핏물과 함께 이빨 두 개가 입 밖으로 뱉어졌다.

"얼마나 더 기다려 줄까?"

예인이의 입에서 나오는 말은 싸늘했다.

"크악!"

이고리는 예인이의 말에 분노의 고함을 질렀다.

몸에 전해져 오는 고통보다는 지금 눈앞에 있는 예인이의 공격을 무력하게 허용한 자신에 대한 실망감과 분노 때문이었다.

'도대체 왜 공격을 허용할 수밖에 없는 거지?'

이고리는 다시 한번 예인이의 공격을 머릿속으로 그려보았다.

예인이의 움직임은 지금껏 상대한 어떤 인물들보다 빠르고 강했다.

'한 박자, 아니, 두 박자 빠른 공격이다.'

미처 반응할 수 없을 정도로 압도적인 빠름이었다.

힘겹게 일어선 이고리는 몸을 극도로 움츠리며 양손을 얼굴 가까이 붙였다.

예인이의 얼굴 공격을 방어하기 위해 삼보와 권투의 가드 동작을 응용했다.

이고리는 타고난 반사 신경과 유연함이 누구보다 뛰어난 인물이었지만, 지금 예인이 앞에서는 그 모든 것이 무용지물이었다.

'단 한 번의 기회면 된다.'

이고리는 타격전으로는 승부를 볼 수 없다고 느꼈다.

타격이 아닌 접근하여 붙잡을 수만 있다면 지금의 상황을 단숨에 역전할 수 있다고 여겼다.

'저년의 공격을 버틸 수만 있으면……'

방금 전의 공격처럼 바닥에 쓰러지지만 않는다면 승산이 있었다.

이고리는 잔뜩 웅크린 자세로 예인이를 바라보았다.

다시금 예인이가 움직였다.

한 걸음 성큼 다가오며 앞으로 손바닥을 앞으로 뻗었다.

이전에 당했던 것처럼 공격하는 모습을 알 수 없었던 것이 아니었다.

이번에는 확실하게 공격 루트가 그려졌다.

'기회다.'

이고리는 공격을 기다리지 않았다. 반 발짝 옆으로 이동하며 예인이의 팔을 잡으려고 했다.

예인이는 이고리의 순간적인 변화를 감지하지 못했는지 동작을 바꾸지 않았다.

'잡았다.'

예인이의 팔을 잡는 데 성공한 이고리는 회심의 미소를 지었다.

팔을 잡자마자 힘을 주어 자신 쪽으로 예인이를 잡아당겼다.

삼보와 시스테마를 접목한 동작으로 그대로 예인이의 목을 붙잡아 조르려고 했다.

이고리의 의도대로 예인이가 자신 쪽으로 끌려오는 것이 느껴졌다.

한데 너무나 가벼웠다.

이고리의 손에 잡혀 있는 것은 예인이가 입고 있던 셔츠였다.

'어떻게?'

"픽!"

의구심이 드는 순간 오른쪽 귀에 극심한 고통이 전해졌다.

"아악!"

고통이 전해지는 비명과 함께 이고리의 손이 오른쪽 귀를 감쌌다. 고막이 터졌는지 귀에서 피가 흘러내렸다.

"고통이 느껴지나 보군."

오른쪽 귀를 부여잡고 있는 이고리를 향해 말하는 예인

이의 말투는 변함없었다.

"크흑! 인제 그만."

네 번의 공격을 모두 허용했다.

한두 번은 방심했다고 생각했었지만 그건 착각이었다.

자신을 무심하게 내려다보듯 쳐다보는 미친년은 자신을 가지고 놀고 있었다.

넘볼 수 없는 실력의 차이가 느껴지는 순간 이고리는 평생 느껴보지 못한 공포가 몸을 지배하기 시작했다.

"후후! 우습군. 난 시작도 하지 않았는데 말이야."

"크! 도대체 넌 누구냐?"

몸에서 전해져 오는 극심한 고통이 이고리의 자신감을 더욱 잃게 만들었다.

"마녀."

예인이가 대답을 끝마치는 순간 걷잡을 수 없는 무시무시한 기운이 그녀의 몸에서 쏟아져 나왔다.

마치 사로잡은 먹이가 옴짝달싹 못하게 포효하는 맹수의 기운이 예인이에게서 느껴졌다.

"눈, 눈이……."

이고리는 자신도 모르게 뒷걸음치기 시작했다.

이고리의 말처럼 예인이의 눈동자 색이 붉게 변해가고 있었다.

　　　　*　　　*　　　*

　코사크의 대원들이 병실로 들이닥쳤을 때는 모든 것이
끝나 있었다.

　이고리는 왼쪽 눈과 오른쪽 귀를 잃었고, 팔다리도 골절
된 상태였다.

　온몸에 성한 곳이 없을 정도로 몸이 엉망이었다.

　무엇보다도 이고리는 제정신이 아니었다.

　병실 구석에서 발견된 이고리는 온전한 손으로 눈을 가
린 채 무섭게 떨고 있었다.

　제정신이 나간 이고리는 코사크 대원이 자신의 몸에 손
을 대는 순간 괴성을 질렀다.

　"크아악! 살려줘."

　두려움이 가득한 이고리는 더욱 자세를 웅크리며 구석진
곳으로 몸을 피하려고 했다.

　그의 얼굴에는 극심한 공포만이 가득했다.

　더구나 무슨 일을 겪었는지는 모르겠지만, 이고리는 처
음 병실에 나타났을 때보다 10년은 더 늙어 보였다.

　이고리는 코사크 대원들의 손에 이끌려 의사에게로 향했
다.

시급하게 치료해야 할 부위가 너무나 많았기 때문이다.

코사크의 연락을 받고 나는 황급하게 병원을 찾았다.

"어떻게 된 일이냐?"

"정말 죄송합니다. 폭탄 대리가 일어난 날부터 놈이 병원에 입원해 있었습니다. 스테빤이라는 이름으로……."

이고리를 추적하는 전담팀을 맡고 있던 쿠즈민의 보고였다.

가인이의 병실로 이동하면서 들은 쿠즈민의 보고의 결론은 이고리 혼자서는 할 수 없는 일이라는 것이었다.

이고리로 인해 경호원 한 명과 식당 직원이 사망했다.

병실은 난장판이었다.

호텔처럼 꾸며진 특별실에 있는 가구 중 온전한 것이 없을 정도로 대부분 부서져 있었다.

다행스러운 것은 가인이가 누워 있는 안쪽 병실은 이고리가 침입한 흔적이 없었다.

안에는 가인이가 잠을 자듯이 누워 있었고, 그 옆에는 예인이가 조용히 앉아 있었다.

"몸은 괜찮아?"

"어, 괜찮아."

내 물음에 예인이는 별일 아니라는 듯이 말했다.

쿠즈민의 보고에 의하면 이고리는 큰 충격과 공포로 인해 정신이 나갔다고 말했다.

난 그 이유를 알고 있었다.

"다친 데는 없는 거지?"

"괜찮아."

예인이는 애써 미소를 지으며 말했다. 그녀의 말처럼 다친 곳은 없어 보였다.

"다행이다. 지켜주지 못해서 미안해."

이고리가 다시 가인이가 누워 있는 병실을 찾을지는 몰랐다.

"뭘? 오빠는 최선을 다했잖아."

"아니, 최선을 다하지 못한 것 같아. 내가 최선을 다했다면 가인이가 이렇게 누워 있지 않았을 거야."

"아니야, 오빠나 나나 같은 상황이었다면 언니처럼 똑같이 행동했을 거야. 그러니까 그런 마음을 가지지 마."

"그렇게 생각해 주니 정말 고맙다."

"우린 남이 아니잖아."

"그래, 네 말이 맞다. 우린 남이 아니지."

난 지금껏 가인이와 예인이를 남이라고 생각해 본 적이 없었다.

"오빠, 미안하고 고마워."

"그게 무슨 말이야? 이럴 때 네가 옆에 있어서 얼마나 큰 힘이 나는데. 고마운 건 나지."

'예인아… 모든 게 잘될 거야.'

머릿속에 있는 말을 예인이에게 할 수 없었다.

나와 가인이의 곁을 떠나려고 했던 예인이를 붙잡아 둔 것은 아이러니하게도 가인이의 부상이었다.

가인이가 건강을 되찾으면 예인이는 다시금 우리 곁을 떠날 것이다.

그것이 예인이가 생각하는 사랑이었다.

사랑하는 사람의 아픔까지 모두 가져가려는 예인이의 사랑 방법인 것이다.

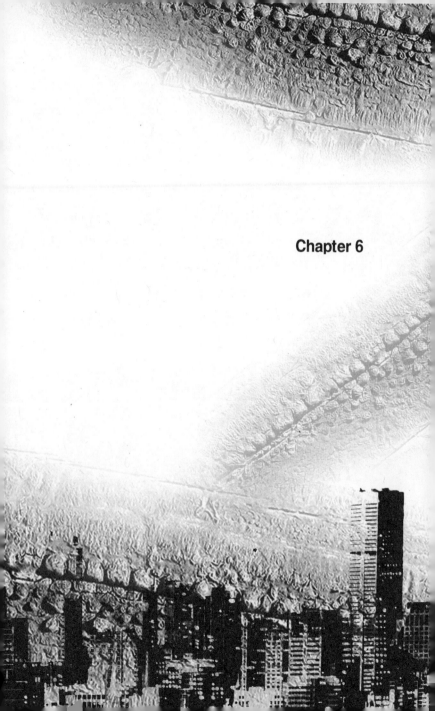

Chapter 6

　이고리에서 알아낼 것이 없었다.

　치료는 하는 와중에도 이고리는 계속해서 공포에 질린 표정으로 살려달라는 말만 내뱉었다.

　지독한 공포가 그의 머릿속을 지배하고 있었다.

　원래의 정신으로 돌아오기까지는 긴 시간이 필요하다는 의사의 소견이 나왔다.

　아니, 어쩌면 죽을 때까지 정신을 차리지 못하고 공포에 짓눌려 살아갈 것이라는 말도 덧붙였다.

　예인이가 어떤 방법을 사용했는지는 모르겠지만, 이고리

는 사는 날 동안 자신이 겪은 공포의 지배 속에서 머물게
될 것이다.

나의 경호와 함께 소빈메디컬센터의 경비 시스템을 새롭
게 개편하는 작업에 들어갔다.

내가 머무는 모든 곳과 각 기업의 경비 시스템도 손보게
되었다.

이고리와 같은 킬러가 다시금 등장한다고 해도 문제없이
경호할 수 있는 시스템을 갖추기 위한 작업이었다.

경호 수준을 일국의 대통령 경호 수준으로 끌어올릴 예
정이다.

이를 위해 코사크 내에 경호국을 설립하여 내가 전 세계
에 어딜 가든지 동일한 경호 수준을 받을 수 있게끔 할 예
정이다.

특히 활동이 많은 한국과 북한에는 코사크 타격대 수준
의 화력을 갖춘 경호 인력을 상주시킬 예정이다.

"FSB(러시아연방안전국)와 출입국 관리소의 정보가 코사
크에 실시간으로 전해질 것입니다."

쿠즈민의 보고였다. 이번 폭탄 테러를 러시아는 심각하
게 받아들였다.

범인이 2차로 병원까지 침투하여 나를 비롯한 관계자들

을 살해하려고 한 행동을 일반적이지 않다고 보았다.

　더구나 범인의 통장에서 발견된 일백만 달러는 스위스의 한 은행에서 보낸 것이었고, 돈을 부친 계좌는 곧바로 폐쇄되었다.

　스위스 은행의 비밀 보장 원칙으로 인해서 이고리에게 돈을 송금한 계좌에 대한 정보를 입수하기도 힘들었다.

　"경찰 쪽은?"

　"경찰은 아직 정보 자동화 작업이 늦어져 내년 후반에 통합하기로 했습니다."

　이번 기회에 러시아의 눈과 귀가 모두 코사크에게 전달될 수 있도록 작업을 진행하고 있었다.

　"첩보 위성 작업도 곧바로 진행할 수 있게 조치해."

　"예, 다음 달에 바이코누르 우주센터에서 2기의 첩보 위성이 발사됩니다. 1기는 저희가 전적으로 사용할 예정입니다."

　자금 사정으로 중단된 첩보 위성 프로젝트에 자금을 지원하여 올해 2기의 첩보 위성이 바이코누르 우주센터에서 발사된다.

　바이코누르 우주센터는 중앙아시아 카자흐스탄의 중남부에 자리 잡고 있으며, 구소련 시절인 1957년 건설됐다.

　동서 간 길이가 90㎞, 남북으로는 85㎞에 달하는 타원형

기지는 서울의 11배 크기의 넓은 사막지대다.

발사에 적합한 기상과 지정학적 조건 때문에 러시아의 수많은 발샤기지 가운데 최적지로 꼽히는 곳이다.

기지 내엔 로켓 발사대 수십 개와 발사통제센터 다섯 곳, 미사일 시험장 한 곳이 있다.

카자흐스탄이 독립하면서 바이코누르 우주센터의 소유권은 카자흐스탄으로 넘어갔고, 러시아는 이후 카자흐스탄에 매년 기지 사용료 1억 2천만 달러를 내고 임대해 쓰고 있다.

"세계는 아니더라도 우리의 사업체가 있는 나라들에서 발생하는 정보는 철저하게 파악해야 해."

첩보 위성의 확보도 정보 습득을 원활하기 위한 작업이었다.

이와 별도로 내년에 룩오일NY와 닉스홀딩스가 전적으로 사용하는 통신위성과 방송용 위성을 발사할 예정이다.

독자적인 통신위성을 사용하면 감청에 대한 위험이 크게 사라진다.

앞으로 보편화가 될 휴대전화의 사용도 룩오일NY와 닉스홀딩스가 주도해 나갈 것이다.

이미 러시아 제일의 휴대전화 서비스 업체인 부이므페르콤를 1억 달러에 인수했다.

통신망 업체인 유니파이드시스템과 러시아 주요 도시에 유선전화 서비스를 제공하는 스비야진베스트 통신사도 다음 달이면 룩오일NY 산하로 들어온다.

"예, 코사크 정보센터의 확장을 위해서 2억 달러의 예산을 추가로 집행할 것입니다."

비서실장인 루슬란이 내 말에 답했다.

인력 충원과 첨단 장비를 갖추기 위해 2억 달러가 특별비 형태로 룩오일NY에서 지원되었다.

"모든 것을 앞당겨서 진행하도록 해. 다른 회사의 입장을 고려했던 것들은 이제 불필요하게 되었으니까."

이번 폭탄 테러로 인해서 여러 생각이 바뀌었다.

폭탄 테러는 나를 목표로 했던 분명했다. 그것이 러시아 경쟁 업체의 사주인지 아니면 지금까지 날 죽이려 했던 국제 비밀 조직인지는 알아내지 못했다.

이제부터 그 누구도 감히 넘볼 수 없는 위치를 구축하려고 한다.

러시아는 물론, 미국이나 유럽의 어떤 세력과 나라도 감당할 수 없는 위치와 세력으로 말이다.

가인이를 룩오일맨션에 자리 잡고 있는 내 거처로 옮겼다.

치료에 필요한 모든 의료 장비는 물론 전담 의사와 간호

사도 함께 이동했다.

병원의 안전 시스템을 보강했다고는 했지만 룩오일맨션
만큼 안전하지는 않았다.

이곳은 가인이가 깨어나기 전까지 예인이가 편하게 생활
할 수 있게 모든 시설이 갖추어져 있었다.

가인이가 룩오일맨션으로 옮겨질 때 나는 북한의 신의주
특별행정구로 떠났다.

                    *   *   *

새롭게 단장한 신의주 공항에 전용기가 내렸다.

신의주 공항은 신의주 특별행정사업부가 관리하는 공항
이었다.

신의주 공항에는 1천7백억 원이 투자되었고, 룩오일NY
와 닉스홀딩스가 1천억 원과 7백억 원을 각각 부담했다.

향후 50년간 신의주 특별행정청이 이곳을 관리하는 조건
이었다. 이곳을 통해 신의주 특별행정구에서 생산되는 제
품들이 세계로 수출될 것이다.

"어서 오십시오. 다치신 곳이 없으셔서 정말 다행입니다."

신의주시 시장이 공항에서 날 맞이했다. 그의 옆으로 신
의주를 움직이는 주요 인물들이 나란히 서 있었다.

폭탄 테러에 관한 일은 북한에도 전달되었다.

"걱정해 주서서 감사합니다."

공항에 나와 있는 인사들 모두 북한 내에서 자신들의 위치가 한껏 올라간 인물들이었다.

신의주 특별행정구의 성공이 그들의 삶에도 큰 변화를 주고 있었다.

주요 인사들과 반갑게 인사를 나눈 나는 곧장 신의주 특별행정청으로 향했다.

신의주 특별행정구로 향하는 차량 행렬은 수십 대로, 며칠 전 먼저 도착한 코사크 타격대가 앞뒤로 날 호위했다.

신의주 특별행정구의 경계가 더욱 강화되었다.

내가 사라지면 성공적인 사업 진행이 이루어지고 있는 신의주 특별행정구의 상황도 달라진다.

하나둘 공장들이 완공되어 생산이 이어지고 있었고, 완공된 금융센터에도 은행들이 하나둘 들어와 업무를 보고 있었다.

"닉스호텔과 카지노가 다음 달에 오픈할 예정입니다."

신의주 특별행정청의 이태원 국장의 말이었다.

호텔과 카지노는 풍광이 아름다운 신의주 특별행정구 내 관광 지구에 세워졌다.

카지노로 관광객을 끌어들이고 있는 마카오와 홍콩의

어떤 카지노보다도 크고 내부가 화려했다.

닉스카지노는 관광객들이 몰리는 미국의 라스베이거스와 유럽의 유명 카지노를 벤치마킹했다.

북한의 현지인들은 출입할 수 없었고, 관광을 온 외국인들에 한해서 출입이 허용된다.

아직 남한 관광객들의 출입 허용은 결정되지 않았다.

"테마파크의 일정은 어떻게 됩니까?"

가족 단위의 관광객을 유치하기 위해서 디즈니랜드와 같은 테마파크를 조성했다.

"놀이동산은 이번 달 말 완공될 예정이지만, 동물원 쪽은 동물 친화적인 환경 조성을 위해서 2개월 정도 미루어졌습니다."

테마파크에 설치되는 놀이 시설은 디즈니랜드와 유럽의 유명 테마파크의 시설들을 참고했다.

또한 유명 테마파크에 들어선 놀이 시설을 더 업그레이드해서 설치했다.

놀이동산의 넓이는 57만 평이고 투자된 자금만 5천8백억 원이었다.

웬만한 공장을 설립하는 데 들어가는 자금보다도 더 많은 돈이 들어간 것이다.

동물원도 테마파크 전체 285만㎡(86만 평) 중 35만 평이

나 차지했다. 이는 남한에 자연농원(에버랜드)보다 2배나 넓은 공간이었다.

이곳에도 2천3백억 원이 들어갔다.

동물원은 넓은 공간을 활용하여 최대한 동물들이 자유로운 환경에서 마음껏 뛰어놀 수 있게끔 만들어졌다.

이러한 친환경적인 동물원은 아시아에서 최초였고 그 넓이 또한 최대였다.

"음, 그 정도는 괜찮습니다. 일정도 중요하지만, 동물들의 상태도 중요하니까요. 카지노에 대한 중국 측 반응은 어떻습니까?"

"별다른 반응은 나오지 않고 있습니다. 카지노가 본격적으로 운영된 다음에 반응이 나올 것 같습니다."

"음, 사전에 문젯거리가 되지 않게끔 중국 언론과 정치인들을 관리하십시오."

신의주 특별행정구 내 관광 지구는 주로 거리가 가까운 중국인들이 이용할 것이다. 또한 일본과 동남아시아의 화교들도 관광 지구의 고객이 될 것이다.

문제는 카지노를 이용하는 사람들의 도박 중독을 중국 당국이 어떻게 받아들일 것인가였다.

중국인은 노름에 대해 관대했고 무척이나 좋아했다.

"예, 그렇게 하겠습니다."

내 말이 무슨 뜻인지 이태원 국장은 잘 알고 있었다.

공항에서 신의주 특별행정구로 향하는 도로는 8차선으로 새롭게 단장되어 있었다.

도로를 달리는 차량들도 이전과 달리 눈에 많이 띄었다.

신의주 특별행정청 주변으로 새로운 건물들이 올라가고 있었다.

지금의 특별행정청의 인원과 시설로는 늘어난 특별행정구역과 회사들을 감당하지 못했다.

회사와 공장, 그리고 은행을 비롯한 상업 지구에 상점들도 대거 입주하자 특별행정청으로 들어오는 수입도 덩달아 늘어나고 있었다.

"제5지구가 새롭게 편입되었습니다. 이곳에 상업 시설과 주거 시설들을 마련하고 있습니다."

이성구 부장이 새롭게 조성된 제5지구에 대한 설명을 진행했다.

100만 평이 새롭게 추가되어 주거 시설에 대한 공사가 진행 중이었다. 이곳에 백화점과 상점들도 들어서고 있었다.

도시락마트와 닉스판매장은 물론 닉스커피도 입점 준비를 하고 있었다.

"좋습니다. 자, 그럼 이제 테마파크를 둘러보러 갑시다."

신의주 특별행정구역 내에서 가장 보고 싶은 곳이었다.

테마파크의 이름은 닉스랜드로 정해졌다.

닉스홀딩스에서 직접 운영하는 회사이며 지분의 60%를 가지고 있었다. 나머지는 투자를 진행한 룩오일NY와 닉스가 각각 20%씩 나눠 가졌다.

"디즈니랜드의 놀이 시설보다도 더 우수합니다. 말씀하신 DC코믹스와 마블코믹스의 주인공들을 위한 테마관도 조성해 놓았습니다."

DC코믹스와 마블코믹스의 인수로 인해서 슈퍼맨과 배트맨, 헐크, 스파이더맨 등 각종 히로인들의 캐릭터를 마음껏 이용할 수 있었다.

영화 속에 등장했던 장소와 특수 장치들이 설치된 DC와 마블관은 아이들보다 어른들이 더 좋아할 만한 장소였다.

어린이들만 좋아하는 테마파크를 벗어나 어른도 즐길 수 있는 장소를 제공할 수 있게 된 것이다.

미래에는 전 세계에 있는 DC코믹스와 마블코믹스의 팬들이 찾는 명소가 될 것이다.

그러기 위해서는 이번 달에 인수한 영화사를 통해서 멋진 영화들을 만들어내야만 했다.

키덜트 문화가 활성화되면 일본과 한국에서도 수많은 사

람들이 이곳을 찾을 것이다.

"안전에는 이상이 없습니까?"

"예, 기존 안전장치에다가 추가로 더 보강했습니다. 그리고 이곳에 설치된 놀이 시설들은 지금까지 단 한 번도 사고가 발생하지 않은 제품들로만 설치했습니다."

아이들이 좋아하는 놀이 시설뿐만 아니라 전 세계의 놀이동산에 있는 짜릿하고 긴장감 넘치는 놀이 시설이 많이 설치되어 있었다.

"안전은 강조할수록 더 좋은 것입니다. 사고 앞에는 완벽이라는 것이 존재하지 않으니까요. 안전을 담당하는 직원들에 대한 교육도 철저하게 해야 합니다."

아무리 완벽한 시설도 이용자의 돌발 행동과 직원들의 대처 미숙으로 사고가 날 수 있다. 또한 정비 불량과 안일한 관리도 사고를 불러오는 요인이었다.

"말씀대로 철저하게 교육을 하겠습니다. 이쪽으로 가시면 닉스랜드의 자랑인 워터파크가 자리하고 있습니다."

우리는 각 지역으로 운행하는 꼬마 기차를 타고서 이동했다.

대규모 워터파크는 18만 평 부지에 설립된 세계 최대의 워터파크였다.

한국에는 아직 워터파크의 개념이 성립되지도 않은 상황이었다.

별도로 3천억 원이 넘는 돈이 들어간 닉스워터월드는 가족 단위로 이용하는 실외 오락과 위락형 워터파크이다.

화산과 열대 정글이 펼쳐진 태평양의 무인 섬을 떠오르게 하는 배경으로 거대한 풀을 만들었고, 정면으로는 인공 파도가 몰아치게 했다.

최대 파도의 높이는 2.5m였고, 양쪽으로는 다양한 크기와 모양으로 구성된 워터슬라이드와 서핑 풀, 급류 타기 등을 즐길 수 있는 시설들이 설치되어 있었다.

닉스워터월드에는 15종류의 특별테마관과 해양관이 존재했다. 해양관은 상어, 돌고래, 열대어 등 다양한 해양 생물들을 관찰할 수 있게 만들어졌다.

또한 수많은 나무들로 숲이 조성된 닉스랜드는 산책은 물론 삼림욕까지 즐길 수 있었다.

한마디로 닉스랜드는 모든 오락과 즐거움을 느낄 수 있게 만들어진 드림 파크였다.

*　　　*　　　*

닉스홀딩스의 빠른 확장은 각 계열사의 성장과 함께 소

빈뱅크의 든든한 자금 지원 덕분이었다.

소빈뱅크는 정해진 로드맵을 통한 투자로 단 하루 만에 벌어들이는 돈이 많게는 일반 기업들의 1년간 수입과 맞먹었다.

이미 2010년까지의 장기 투자 계획이 정해져 있었다.

이러한 미래 전략적인 투자 형태는 나의 머릿속에 세계적인 사건들과 역사적인 흐름이 들어 있었기에 가능한 일이다.

큰돈이 더 큰돈을 벌어들이는 흐름이 소빈뱅크를 통해서 이루어지고 있었다.

더불어서 룩오일NY 기업들의 성장과 이익으로 발생한 자금이 다시금 소빈뱅크로 모여들었고, 그 돈이 다시금 재투자되고 있었다.

미래의 흐름과 역사적인 사건들은 금융 투자에 있어 엄청난 무기였다.

개별 종목의 상하한가는 모르지만, 세계에 영향을 줄 수 있는 정치적인 이슈와 사회적인 현상, 그리고 패러다임의 변화를 나는 정확하게 집어냈다.

이것은 돈과 자본의 핵심적인 흐름을 예측하는 데 가장 중요한 포인트였다.

소빈뱅크의 핵심 인물들과 금융센터의 관계자들이 나를

존경하고 따를 수밖에 없게 만드는 일이기도 했다.

신의주 특별행정구에도 소빈뱅크 지점이 설립되었다. 특별행정구 내에 있는 각 기업의 환전과 금융거래를 위해서였다.

신의주 특별행정구에서 사용되는 화폐는 달러와 위안화, 엔화가 공식적인 화폐였다.

남북한의 원화는 배제하기로 했다.

소빈뱅크 신의주 지점은 환전과 송금 등을 통해서도 상당한 수익을 올릴 것이다.

신의주 지점을 맡게 된 인물은 김건우로 영국 옥스퍼드대 회계학과를 나와 미국의 시티은행과 일본의 스미토모은행를 거쳐 닉스홀딩스 회계팀에서 팀장으로 근무했다.

그를 소빈뱅크 신의주 지점의 지점장으로 내정한 것은 그만큼 신의주 지점이 중요했고, 믿고 맡길 사람이 필요했기 때문이었다.

"신의주 공장에서 생산된 닉스 슈퍼시퀀스 II와 닉스블랙 10만 켤레가 미국으로 수출되었습니다."

신의주 공장을 맡고 있는 김성택 공장장의 말이었다.

저번 달부터 신의주 닉스 공장이 본격으로 가동되어 판매를 위한 신발을 생산하고 있었다.

"신발 품질은 어떻습니까?"

"부산 공장에서 생산되는 제품과 비교해도 전혀 뒤지지 않습니다. 역시 같은 민족이라서 그런지 손재주가 남다릅니다."

신발 제조 경험이 없는 북한 근로자들은 3개월간 집중적인 교육을 받았고, 경험자들은 2개월간의 교육 후 공정이 어려운 신발 제조에 투입되었다.

"예상했던 대롭니다. 닉스프리는 어떻습니까?"

"예, 닉스프리의 제품들도 차이가 없었습니다. 집에서 옷을 수선한 경험들이 많아서 그런지 재봉틀도 빠르게 익혔습니다."

북한은 옷을 만드는 곳이 많지 않고, 일률적으로 보급하기 때문에 남한처럼 유행하는 옷이 금방 바뀌지 않았다.

북한의 의류 공급은 신분에 따라 옷감의 종류와 양에 차이가 나며, 고위층이나 기자, 교직원 등 특수층에겐 1년에 몇 벌씩 양복이나 옷감을 무료로 주었지만, 노동자들에겐 2년에 1벌씩의 작업복을 나눠준다.

그래서 북한에선 노동을 위한 기본적인 옷은 보장되지만, 자신을 돋보이게 하려는 자기 과시나 패션을 위해서 옷을 사서 입는 게 쉬운 일이 아니었다.

더구나 옷값이 너무 비싸기 때문에 괜찮은 옷 한 벌이 있다면 그 옷을 아껴서 오랫동안 입는다.

그 때문에 집에서 자주 옷을 수선했고, 이로 인해 북한 여성들은 바느질 솜씨가 뛰어났다.

"닉스프리의 고급 제품들을 뺀 나머지 제품들은 모두 신의주의 공장에서 생산하는 거로 하십시오."

신의주 공장에서 생산하는 단가와 한국에서 만드는 생산 단가 차이가 7배나 차이가 났다.

그것은 생산자동화 시스템 도입과 북한 직원들의 급여 차이 때문이다.

그렇다고 닉스프리의 판매 금액은 달라지지 않았다.

닉스프리 또한 닉스 신발처럼 생산 단가가 올라가는 소규모 생산을 지양했고, 사용되는 옷감과 부자재의 질이 경쟁 업체보다 훨씬 뛰어났기 때문이다.

"예, 다음 달부터 신제품까지 이곳에서 생산하도록 하겠습니다."

닉스 신의주 공장은 활력이 넘쳤다.

아직은 부산 공장보다 생산 능률이 떨어졌지만, 열정만은 뒤지지 않았다.

직원들에 대한 복리 혜택도 부산 공장과 동일했기 때문에 사기도 높았다.

신의주 특별행정구 내의 모든 회사와 공장에 근무하는

북한인들은 일을 마치고 나서도 사상 학습을 받지 않았다.

이전까지는 남북한 합작 공장이나 외국 자본으로 세워진 공장과 회사들에서 근무하는 북한 근로자들은 의무적으로 사상 학습을 받았었다.

닉스 신의주 공장에서는 생산 능률을 저하하는 모든 행위가 중단되었고, 북한 근로자들을 비하하는 행위는 엄벌에 처했다.

남북한 근로자들을 동등하게 대하는 닉스홀딩스 산하 기업들의 행위는 북한인들에게 큰 환영을 받았다.

*　　　*　　　*

다음 날 닉스정유 건설 현장을 방문했다.

"건설 공정률은 80%가 넘어섰습니다. 계획한 대로 6월이면 시험 운전을 할 수 있을 것입니다."

현장 책임자인 닉스E&C의 신동수 소장의 말이었다.

닉스화학과 닉스제철도 순조롭게 공사가 이어지고 있었다. 정유 공장은 내년 6월이면 제일 먼저 완공될 예정이다.

닉스정유에서는 하루 67만 배럴의 원유를 처리할 수 있다.

67만 배럴의 정제 능력은 국내 최고를 자랑한다.

여기에 내후년에는, 추가로 진행되고 있는 시설 확장 공사가 끝나면 38만 배럴이 더 늘어날 예정이었다.

105만 배럴의 정제 능력은 닉스정유를 국내를 넘어 아시아 최고의 정유 회사로 탄생시킬 것이다.

이곳에서 생산되는 휘발유와 경유, LPG, 아스팔트, 그리고 항공유가 신의주는 물론 러시아와 한국, 중국으로도 공급될 것이다.

"중국을 관통하는 파이프라인이 푸순을 지나고 있으니, 내년이면 신의주까지 도달할 것입니다. 값싼 원유와 천연가스가 닉스정유에 공급되면 새로운 시대가 열릴 것입니다."

내년 5월에 동시베리아 파이프라인이 신의주까지 들어오게 되면 닉스정유는 본격적인 가동에 들어가게 될 것이다.

닉스정유의 가격 경쟁력은 아시아의 어떤 정유 회사도 따라올 수 없었다.

원유 도입에 있어 가장 큰 비용 중의 하나인 수송 비용이 현저하게 낮기 때문이다.

국내의 정유사들의 원유 도입 비용과는 비교할 수 없으며 국제 원유 시세보다도 훨씬 저렴하게 닉스정유에 원유가 공급될 예정이다.

"정말 모든 일이 유기적으로 잘 맞물려서 돌아가는 것 같습니다."

"정유는 시작일 뿐입니다. 화학 공장으로 가봅시다."

닉스정유를 시작으로 닉스화학과 닉스제철도 내후년에 본격적으로 가동된다.

닉스화학은 닉스정유에서 공급받은 석유 원료를 통해 나프타와 에틸렌은 물론 이를 바탕으로 PE(Polyethylene), PVC(Polyvinyl Chloride) 제품을 생산한다.

룩오일NY는 석유화학 분야에서 원유 탐사와 생산을 하는 단계인 상류부문(Upstream)을, 닉스홀딩스는 원유 정제와 수송·판매, 각종 석유화학 제품 생산을 담당하는 하류부문(Downstream)으로 수직 계열화시켰다.

이는 어떠한 국제적인 경제 변화와 환경에서도 큰 변동 없이 이익을 낼 수 있게끔 한 것이다.

*　　　*　　　*

정유와 화학이 완공되면 단숨에 국내 최대로 올라선다. 국내에 있는 경쟁 기업들이 다들 닉스정유와 화학을 경계하는 이유였다.

또 다른 이유는 막대한 시설 투자 자금을 너무나 손쉽게 조달한다는 점이다.

더구나 닉스가 손댄 사업 중 성공하지 않은 것이 없었다.

국내 기업들도 누구나 할 것 없이 시설 투자와 기업 확장에 힘을 쏟고 있었다.

마치 투자에 뒤처지는 것이 경쟁에서 밀려나는 것처럼 느꼈는지 외국 자본을 경쟁하듯이 끌어들였다.

이러한 분위기가 더해져 금융 개방에 따른 단기 투자 자금들이 한국으로 물밀듯 몰려들었다.

대산그룹의 회장실에는 전략사업부를 이끄는 김인규 실장이 이대수 회장에게 사업 보고를 하고 있었다.

"내년이면 신의주에 동시베리아 파이프라인이 연결될 예정입니다. 현재 북한을 관통하는 파이프라인도 공사에 들어간 상태입니다."

"휴전선 통과 문제는 해결되었나?"

"예, 올해가 가기 전에 협상이 타결될 것 같습니다."

"음, 잘하면 내년에 러시아의 원유와 천연가스가 국내로 들어올 수도 있겠어."

"예, 정부도 김영삼 대통령의 임기 중에 평화 파이프라인을 완공시킬 계획을 하고 있습니다. 이러한 상황에서 룩오일NY Inc와 유대 관계에 있는 저희가 주유소 사업을 시작할 아주 좋은 기회입니다."

정부는 남북한을 관통하는 평화 파이프라인을 이번 정부의 치적 중에 하나로 평가받고 싶어 했다.

문민정부 들어서자마자 93년 아시아나 항공기의 추락을 시작으로 서해훼리호 침몰 사고, 구포역 열차 전복, 우암상가 아파트 붕괴 사건과 94년 성수대교 붕괴 참사, 아현동 도시가스 폭발 사고에 이어 95년 올해는 대구 달서구 상인동 지하철 1호선 가스 폭발 참사, 서울 서초구 삼풍백화점 붕괴 참사, 시프린스호 사고가 연이어 일어났다.

이러한 큰 인명 사고들이 연이어 발생하자 대통령의 지지율이 눈에 띄게 떨어지고 있었다. 이럴 때 평화 파이프라인은 국면 전환용으로 아주 좋은 반전 카드였다.

"룩오일NY Inc에 정유 회사가 있나?"

대산에너지가 고티광구에서 원유를 발견했을 때까지 대산그룹은 정유 공장을 설립할 준비를 했었다.

하지만 고티광구를 룩오일NY Inc에 넘긴 후에는 모든 사업을 백지화시켰다.

"룩오일NY Inc가 지분을 가지고 있는 닉스정유 공장이 내년에 완공됩니다."

"허허! 닉스정유가 벌써 완공될 시기가 된 건가?"

이대수 회장은 허탈한 웃음을 지었다.

닉스홀딩스는 이제 본격적으로 그룹의 덩치를 키우고 있었다.

"예, 내년 6~7월쯤에 완공될 예정입니다. 닉스정유에서 생산되는 휘발유는 하루 18만 배럴입니다. 더구나 러시아산 원유는 두바이유보다 품질이 뛰어나 별다른 정제 과정 없이도 고품질 휘발유를 생산할 수 있습니다."

'아까워. 정말 아까운 일이야.'

김인규 실장의 말에 이대수 회장은 고티광구를 헐값에 넘긴 것이 너무나 아쉬웠다.

"닉스정유와 이야기는 하고 있나?"

"예, 관계자들과 만나고 있습니다. 룩오일NY Inc에도 별도로 협조 요청을 했습니다."

"사업 허가 관계는?"

"올해 안에 모두 끝낼 수 있습니다."

서울과 5대 직할시 등 6대 도시의 주유소 거리 제한은 93년에 폐지되었다. 그리고 올 11월부터 지방 주유소 거리 제한도 완전히 폐지된다.

그동안 주유소 거리 제한을 통해서 주유소를 소유한 기업들은 안정적인 수익을 올려왔었다.

대산그룹은 상당한 자본과 시간이 들어가는 정유 공장 대신 주유소 사업에 뛰어들 계획이었다.

"다른 기업들도 닉스정유와 접촉을 하고 있겠군."

"예, 유호그룹과 쌍방울, 그리고 한라그룹도 주유소 사업을 검토하고 있습니다."

국내 자동차 대수가 늘어나고 있는 시점에서 독과점적인 주유소 정책이 폐지되자 상당수 기업들이 주유소 사업에 뛰어들 준비를 하고 있었다.

"한라그룹이?"

"예, 정태술 회장의 특별 지시가 있었다고 합니다."

'후후! 다달이 현금이 들어오는 장사니.'

"다들 닉스정유와 접촉을 하겠군."

"예, 국내 정유사들보다 경쟁력이 월등한 가격을 갖출 수 있다는 점 때문에 닉스정유를 선택할 것입니다."

"가격뿐만이 아니겠지, 이제는 품질을 선호하는 기조가 보이고 있으니까. 닉스홀딩스에서는 주유소 사업을 검토하고 있지 않나?"

이대수 회장의 말처럼 닉스정유는 가격과 품질에 있어 기존 정유사들보다도 큰 경쟁력을 갖출 것으로 예상됐다.

"아직은 그런 모습은 보이지 않고 있습니다."

"언젠가는 자연스럽게 시장에 진입하겠지. 하여간 시작하려면 확실히 해. 장기간 공급 계약을 하는 것도 잊지 말고 말이야. 일이 잘 풀리면 대산에너지가 주유소로 다시금 살아날 수 있겠어."

이대수 회장의 입에서 사업 진행을 하라는 말이 떨어졌다.

고티광구에서 철수한 이후 대산에너지는 팔린다는 소문

이 있을 정도로 그룹 내에서 소외되었었다.

주유소 사업이 계획대로 진행되면 대산에너지가 다시금 재기할 수 있는 발판을 마련할 수 있었다.

주유소 사업은 적은 투자로 많은 수익을 올릴 수 있는 사업이었다.

더구나 대산그룹은 서울을 비롯한 대도시와 지방의 요지에 적지 않은 부동산을 소유하고 있었다.

대산그룹이 소유한 부동산을 이용하면 빠르게 주유소 숫자를 늘릴 수 있었다.

"예, 철저하게 검토해서 진행하겠습니다."

김인규 실장이 인사를 한 후 회장실을 나갔다.

"음, 주유소 사업만 잘되면 중호가 돌아올 때까지 대산에너지의 기반이 마련되겠지."

이대수 회장은 대산에너지를 다시금 아들인 이중호에게 맡길 생각이었다.

대산에너지를 이대로 죽이기에는 너무 아까웠다.

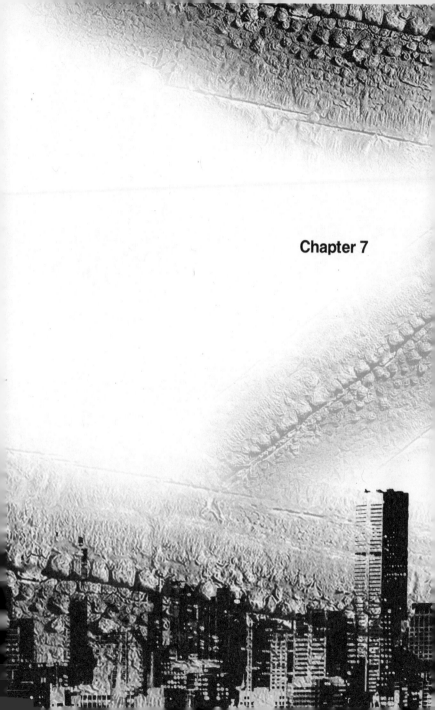

Chapter 7

　하나둘 완공되는 공장과 건물들로 활기가 넘치는 신의주 특별행정구였다.

　이곳으로 출근하는 북한 근로자들의 모습도 활기가 넘쳐났다.

　이곳에서 근무하는 북한 근로자들은 선택받은 사람들이라는 평가가 북한 내에서도 나오고 있었다.

　풍족한 식사와 받는 급여 중 일정 금액만 북한 당국에 세금처럼 낸 후에는 개인이 마음껏 쓸 수 있었다.

　더구나 받는 급여가 달러였기 때문에 부가적인 수입을

더 얻을 수 있었다.

신의주 특별행정구 내는 달러와 엔화, 위안화만 받았지만, 신의주시에 있는 상점들은 남북한 돈 모두를 받았다.

특별행정구에서 만들어진 일부 상품들은 북한 내에도 공급되고 있었고, 남한에서 올라온 생필품 중 일부가 신의주에 있는 시장으로 흘러들어 유통되었다.

북한 당국은 특별한 단속을 하지 않았고 오히려 시장 활성화에서 따른 세금 수입에 만족스러워했다.

신의주와 그 일대에서 거둬들이는 세금은 다른 지역보다 3배나 많았다.

더구나 신의주 특별행정구의 토지 사용료 일부가 신의주시와 북한 당국에 배분되었다.

거기에 근로자들에게서 나오는 수입도 상당했기 때문에 신의주시는 나날이 발전해 나갔다.

신의주시는 나의 의견에 따라 늘어난 세수를 인프라 증설과 관광특구에 투자했다.

신의주시의 중심가는 하루가 다르게 변해가는 것이 눈에 들어왔다. 깨끗한 상점들과 식당들이 하루가 다르게 늘어났고 그에 따른 관광객들도 덩달아 많아졌다.

신의주 특별행정구 내에서 일하는 남한 사람들의 까다로운 입맛을 맞추다 보니 맛집들도 많이 생겨났다.

"현재 중국에서 넘어오는 관광객들과 상인들이 전달보다 38% 늘어났습니다. 특별행정구가 활성화될수록 수치는 점점 늘어날 것입니다."

신의주 특별행정청의 이태원 국장의 보고였다.

"카지노와 쇼핑센터가 문을 열면 숫자는 더 늘어나겠네요?

"예, 관광특구 지역은 무관세라 지금보다 2~3배는 늘 것으로 보입니다. 특히나 대규모 시설을 갖춘 카지노가 중국의 동북 지역 내에는 없기 때문에 많은 관광객이 몰릴 것으로 예상됩니다."

중국의 북동부 지역은 볼거리는 많았지만, 관광객을 수용할 만한 충분한 호텔과 주변 시설이 부족했다.

관광객을 끌어들이는 것은 단순히 옛 건물과 유물들만으로는 되지 않았다.

"카지노에 대한 치안 대책은 어떻게 세워놓으셨습니까?"

돈이 오고 가는 카지노에서는 불미스러운 일들이 벌어질 수 있었다. 더구나 중국 관광객들은 공공질서에 대한 개념이 부족했다.

"경비는 모두 코사크에 의뢰했습니다. 내부 운영은 닉스 호텔에서 맡기로 했습니다. 카지노의 출입은 엄격하게 관리하여 난동이나 불미스러운 일을 저지른 사람은 특별행정구 내로의 출입을 일절 허용하지 않기로 했습니다."

회의에 참석한 김동진 비서실장의 답했다.

카지노에는 호텔 투숙객이나 입장료를 지급한 인물들만 출입할 수 있었다.

도박만을 위해서 무작정 출입하려는 사람을 막는 방법이었다.

"운영 인력에 대한 교육은 다 마쳤습니까?"

"예, 마카오와 라스베이거스에서 활동 중인 딜러들을 채용했습니다. 그들을 통해서 남한에서 채용한 딜러들을 교육하고 있습니다. 개장 전까지 문제없이 모든 준비를 끝마칠 수 있습니다."

닉스호텔을 맡고 있는 이형석 대표의 말이었다.

닉스호텔은 모스크바에 이어 제주도의 중문관광단지와 함덕해수욕장에 호텔과 리조트의 개장을 앞두고 있었다.

또한 남산을 한눈에 조망할 수 있는 자리에 호텔을 새롭게 착공했다.

"좋습니다. 닉스랜드는 동물원의 준비가 덜 갖춰진 것을 빼면 문제 될 게 없는 것 같습니다. 카지노와 호텔은 예정대로 개장하십시오. 백화점과 쇼핑센터의 준비는 어떻습니까?"

"대다수의 상품 진열은 모두 끝마쳤습니다. 한데 아직 명품관에 입점할 상품들이 들어오지 못했습니다. 루이뷔통과 샤넬 측에서 저희가 제시한 수수료가 만족스럽게 않은 것 같습니다."

닉스의 브랜드 총괄이사인 김은미 이사의 말이었다.

김은미 이사는 닉스프리의 론칭에 큰 역할을 한 김상희 대리의 사촌 언니이자 그녀를 닉스에 소개해 준 장본인이다.

올 초 롯데백화점을 나와 닉스에 브랜드 총괄이사로 입사했다.

"후후! 홍콩과 동일한 가격을 제시한 것인데도 욕심을 부리는군요. 버버리와 구찌에 대한 인수는 어떻게 되어가고 있습니까?"

버버리와 구찌에 대한 인수를 위해서 소빈뱅크는 닉스에 8억 달러의 자금을 지원했고, 이를 통해서 두 회사의 주식을 야금야금 매입하고 있었다.

"구찌는 현재 인베스트코프가 가지고 있는 구찌의 주식에 대한 매입 협상을 벌이고 있습니다. 큰 틀의 협상은 마무리되어 올해 말이면 구찌는 닉스의 품에 들어올 것입니다. 31%의 지분을 확보 중인 버버리는 시장에서 지속해서 주식을 매입하고 있어서 내년 상반기에는 닉스의 휘하로 들어올 것으로 예상하고 있습니다."

버버리는 시대에 흐름에 따른 변화의 추구보다 옛 명성에 도취한 고루하고 보수적인 패션 감각을 유지하면서 인기가 시들어가고 있었다.

더구나 버버리 특유의 체크무늬 패턴을 복제하거나 유사한 모조품을 제작하는 업자들로 인해 어려움이 컸다.

또한 버버리를 판매하는 상점들도 중구난방으로 늘어나자 고급스러웠던 버버리의 이미지가 추락해 일부 백화점에서 입점을 거절당하고 있었다.

구찌는 구찌를 이끌던 마우리치오가 올해 3월 괴한에게 총격으로 사망하자 급속도로 사세가 기울었다.

이미 가족 간의 불화로 경영이 어려운 상황이었고, 바레인에 본사를 둔 아랍계 투자회사인 인베스트코프(Investcorp)에서 1987년부터 구찌의 지분을 인수해 왔다.

1989년 구찌의 명성을 회복하기 위해 인베스트코프에게 구찌 주식의 50%를 매각했지만, 구찌의 사세는 더욱 기울어졌다.

1993년 마우리치오 구찌가 자신이 보유한 50%의 주식 지분을 매각하면서 인베스트코프가 회사의 전체 지분을 소유하게 되었다.

2000년, 구찌는 구찌 그룹(Gucci Group)으로 이름을 바꾸었고, 쁘렝땅 그룹과 전략적 제휴를 맺었다.

구찌는 1999년부터 쁘렝땅 그룹(현재 PPR)이 지분을 매입해 인수하기 시작하여 2004년 구찌의 지분을 99.4%까지 확대해 구찌 그룹의 경영권을 완전히 차지했다.

그 과정에서 프라다를 비롯한 LVMA와 지분 경쟁을 벌였다.

미래에 PPR 매출의 5분의 1이 구찌 그룹에서 나왔다.

LVMA는 PPR가 더불어 세계 3대 럭셔리 그룹이다.

LVMA 그룹은 코냑과 샴페인으로 유명한 모에 헤네시사와 루이뷔통사가 1987년 합병하면서 창립했다.

LVMA는 제품의 품질은 최고지만 경영에 서툴러 자금난에 시달리던 명품 브랜드들을 하나둘 인수하여 세계 최대 명품 브랜드 기업에 올라섰다.

지금 닉스가 소빈뱅크의 지원을 등에 업고 LVMA가 했던 방법을 사용하여 명품 브랜드를 하나둘 인수를 진행하고 있었다.

닉스는 올해 이탈리아 명품 브랜드 중 하나인 보테가 베네타(Bottega Veneta)를 인수했다.

"다른 브랜드들도 인수에도 힘쓰십시오. 명품 브랜드의 힘은 앞으로 지속적으로 전 세계에 영향력이 확대될 것입니다. 다시 한번 샤넬과 루이뷔통에 이야기를 전달하고서 통하지 않으면 입점을 취소하십시오. 향후 샤넬과 루이뷔통은 신의주 특별행정구역 내 면세 구역에 절대 들어올 수 없다는 말도 전하시고요."

생각 같아서는 전 세계의 명품 브랜드를 모두 닉스 아래로 두고 싶지만, 현실적으로 가능하지 못했다.

버버리와 구찌를 인수한 이후에 노리는 명품 브랜드는 샤넬과 펜디였다.

명품 브랜드 회사의 규모가 크지 않는 지금이 인수의 최적격인 시기였다.

"예, 확실히 전하겠습니다."

닉스 브랜드 총괄이사인 김은미의 말이었다.

"중국 동부 지역의 경제권은 완전하게 신의주 특별행정구 아래에 놓여야 합니다. 중국 현지인들이 좋아하는 상품을 개발하고 홍보에도 힘을 쓰십시오. 중국 정부가 손을 쓸 수 없을 정도로 장기적인 전략 차원에서 계획을 세우시길 바랍니다. 조잡한 모방 제품은 동부 연해 지역에서 만들어지기 때문에 우리가 조금만 신경 쓰면 충분히 동북부 지역의 경제를 종속시킬 수 있습니다. 그 힘을 신의주 특별행정구와 우리가……."

중국 짝퉁 제품의 경쟁력은 가격이었다.

원제품과 진품의 가격이 높아 살 수 없으므로 값싼 짝퉁 제품을 구매하는 것이다.

하지만 신의주 특별행정구에서 만들어진 제품은 중국 내 관세도 없을 뿐만 아니라 공장자동화와 저렴한 인건비에서 나오는 가격 경쟁력이 중국 현지의 공장보다도 뛰어났다.

이는 북한 현지 근로자들의 높은 숙련도와 언어가 서로 통한다는 장점이 가져다주는 선물이었다.

시간이 지날수록 제품의 생산성과 작업 능률은 중국 현지 근로자가 따라올 수 없었다.

이런 강력한 무기를 바탕으로 중국 동부 지역의 소비재 산업을 장악할 것이다.

이미 도시락의 연구소에서는 중국 현지인의 입맛에 맞는 라면과 식자재, 소스류를 개발하고 있다.

"닉스홀딩스 산하 경제연구소에서 동북부 지역의 경제 종속을 위한 핵심 전략을 연구 중입니다. 올해 말 나올 핵심 전략을 바탕으로 닉스홀딩스의 동북부 경제공정을 본격적으로 시작할 예정입니다. 현재 동북부 지역의 문제는 낙후된 장비 제조 분야와 원자재 가공, 농수산물 가공, 그리고 서비스 산업의 부재입니다. 더구나 공장 대다수와 일정 규모의 회사들이 중국의 국영기업으로, 이들에 대한 산업 구조조정이 절실히 필요한 시점이지만… 중국 정부는 동부 연해 지역에 핵심 역량을 모으고 있습니다. 향후 이 지역의 성장은……."

동북부 지역은 랴오닝성, 헤이룽장성, 지린성의 3개 성을 일컬으며, 총면적은 79만 제곱킬로미터다.

1억 명이 넘는 인구로 중국 전체의 8%를 차지하고 있다. 중국 내에서 한반도와 가장 긴 국경선을 접하는 지역으로 역사와 문화적으로 남북한과 긴밀한 관계를 형성해 왔다.

동북부 지역은 중국의 계획경제 시기 풍부한 자원을 바탕으로 중화학공업의 요충지로서 중국 경제의 중추적인 구실을 했다.

그러나 개혁 개방 이후 중국 정부가 상하이, 베이징, 톈진, 산둥, 허베이 등 동부 연해 지역을 중심으로 하는 경공업 위주의 경제 발전 전략으로 전환하면서 동북부 지역은 개혁 개방에서 소외되었다.

더구나 국영기업 위주의 경제구조 및 그 비효율성 문제가 겹쳐져 경제적 지위가 크게 약화되었다.

중국 정부에서는 2002년이 되어서야 동북 지역의 경제 발전 계획에 대한 말이 나왔으며 본격적인 개발 청사진은 2007년이 되어서야 진행되었다.

신의주 특별행정구역은 이 점을 파고들었고, 중국이 나서기 전에 동북부 지역을 경제적으로 종속시킬 계획을 세워놓고 있었다.

중국이 미래에 진행할 동북아공정을 신의주 특별행정구

를 바탕으로 닉스홀딩스가 역으로 진행할 계획이다.

"음, 좋습니다. 닉스홀딩스는 단순히 한국에서 국내 제일의 기업을 지향하는 것이 아닙니다. 남북한의 경제 활성화는 물론 한민족이 나아갈 방향을 선도하는 기업이 되어야만 합니다. 세계 경제는 문호를 개방한 중국을 필두로 무섭게 변화하고 있습니다. 기술의 발전과 변화 또한 자고 일어나면 눈에 보일 정도로 바뀌는 시대입니다. 폭풍우가 몰아치는 것 같은 격변 속에서 국내 제일이 아닌 세계 최고가 되어야만 닉스홀딩스는 폭풍우 속에서도 우뚝 설 수 있습니다. 이 점을 명심하시고 맡은 자리에서 최선을 다해주시길 바랍니다."

나의 말에 닉스홀딩스 전략 회의에 참석한 인물들 모두가 고개를 끄떡였다.

닉스홀딩스는 대우그룹 김우중 회장이 강조하는 세계 경영에 가장 가까이에 다가가고 있는 기업이었다.

전략적 제휴 관계인 룩오일NY의 협조와 지원을 바탕으로 닉스홀딩스가 서서히 세계를 향해 기지개를 켜고 있었다.

*　　　*　　　*

신의주 특별행정구에 온 지 일주일이 지났지만 가인이는 계속해서 깨어나지 못하고 있었다.

매일 모스크바 전화를 걸어 상황을 체크했지만 달라진 것이 없었다.

프랑스의 세계적인 뇌신경 전문의인 크리스티앙 박사를 초빙해 가인이를 살피게 했지만, 기다리는 수밖에는 없다는 말을 들었다.

가인이의 상태에서 의학적으로 더 할 수 있는 일이 없었다. 의식만 없을 뿐 모든 신체 기능은 정상이었다.

당장 내일이라도 깨어날 수 있는 상황이었다.

문제는 1년 후나, 그 이후에도 영영 깨어나지 않을 수 있다는 점이다.

"음, 무작정 기다릴 수밖에 없다니……."

가인이도 걱정이었지만 옆에서 병간호를 하는 예인이도 입맛이 없다는 핑계로 식사를 자주 거른다는 말이 들려왔다.

수화기 너머로 전해졌던 예인이의 목소리에도 힘이 느껴지지 않았었다.

"후! 가인이와 예인이를 모스크바로 부르지 않았다면……."

폭발 사고를 생각할수록 한숨과 함께 후회가 밀려왔다.

생각 같아서는 모든 일을 중단하고 가인이의 곁에 머물고 싶었다.

하지만 지금 진행하는 일들의 중요성 때문에 모스크바로 돌아갈 수 없었다.

높은 자리에 올라서지 세상을 바라보는 눈과 들려오는 소리가 달라졌다.

일반 사람들이 접할 수 없는 정보들이 시시각각 나에게 전달되었다.

세계를 움직이고 있는 기업들의 움직임과 각 나라들의 정책들도 러시아의 눈과 귀 역할을 하는 정보부와 각국에 나가 있는 대사관을 통해서 나에게 전달되었다.

또한 코사크의 정보센터와 국내 정보팀에게서도 기업 운영에 필요한 핵심 정보들이 보고되었다.

그 정보들을 바탕으로 룩오일NY와 닉스홀딩스의 업무가 진행되거나 변화가 이루어졌다.

"후! 너무 큰 짐을 짊어졌어… 이젠 내 맘대로 할 수가 없구나. 미안해, 가인아."

닉스홀딩스와 룩오일NY의 직원들은 물론이고 남북한과 러시아가 연관된 사업들이 진행되고 있었다.

그 하나하나가 두 나라의 미래와도 연관되었다.

중국 국경을 넘어 지린성 옌볜 조선족 자치주를 방문했다.

지린성에는 전체 중국 내 조선족 인구의 60%인 1백만 명 정도가 자리 잡고 있다.

1992년 한중 수교와 중국의 경제 개방화, 산업화 정책으로 인해서 조선족들은 원래의 전통적인 거주지와 농업 중심의 생산 활동 영역을 벗어나 각지·각계로 진출하기 시작했다.

상당수의 인구가 더 나은 직장을 얻기 위해 활발하게 산업화가 이루어지고 있는 베이징, 칭다오, 톈진, 상하이, 광저우, 선전 등으로 이동하고 있었다.

한편으로 한국, 일본, 러시아로도 진출하고 있어 중국 내 소수민족 중에서 가장 큰 규모의 인구 이동을 보이고 있었다.

특히나 한국에서 불어닥친 돈바람으로 인해서 옌볜 조선족 자치주에는 돈이면 무엇이든지 할 수 있다는 배금주의가 퍼져 나가고 있었다.

한국을 방문하고 돌아온 조선족과 옌볜 조선족 자치주와 창바이 조선족 자치현을 방문한 한국인들을 통해서 물질

만능주의가 전파되고 있는 것이다.

비행기에서 내려다보이는 옌지시는 체첸공화국의 수도 그로즈니와 비슷한 느낌이었다.

나를 태운 전용기가 옌지(연길) 차오양촨 공항에 바퀴를 내렸다.

"어서 오십시오. 강 회장님의 방문을 환영합니다."

공항에서 나를 맞이한 사람은 황삭 옌볜 조선족 자치주 당서기와 박동규 옌지시 시장이었다.

"환영해 주셔서 감사합니다."

옌볜 조선족 자치주를 이끌어가는 주요 인사들이 상당수 공항에 나와 나를 반겨주었다.

나는 신의주 특별행정구 장관이라는 직분으로 옌볜 조선족 자치주를 방문했다.

신의주와 조선족 자치주와의 협력 관계를 모색하기 위한 방문이기도 했다.

더구나 신의주 특별행정구 장관 이전에 한국과 러시아를 이끄는 그룹의 회장이기도 했기에 나를 대하는 인사들의 행동은 남달랐다.

공항에 나온 인물들과 인사를 나눈 후 우리는 옌지 시청으로 자리를 옮겼다.

"옌지시가 조금씩 변화하는 것 같습니다."

옌지시는 한국 70년대 초반의 서울 거리를 연상시켰다.

"예, 새로운 건물들도 상당수 들어서고 한국 기업들의 진출도 활발해지고 있습니다."

박동규 옌지시 시장의 말이었다.

인건비 상승으로 한국에서 경쟁력이 점차 떨어지고 있는 의류와 섬유산업과 함께 건설 회사들도 중국의 동북부 지역에 진출이 활발했다.

중소 의류 업체 중 상당수가 옌지시는 물론 선양시와 창춘시에도 진출하고 있었다.

이곳에도 조선족들이 많이 거주하고 있었다.

"한중 수교 이후 중국의 성장 가능성을 크게 본 결과입니다."

"예, 하지만 동부 연해 지역과 비교하면 아직 이곳의 투자는 미비한 편입니다."

내 말에 황삭 자치주 당서기가 말했다.

그의 말처럼 중국이 힘을 쏟고 있는 곳은 동부 연해 지역이었다.

그곳에 진출한 한국 기업들과 비교하면 동북부 지역에 진출하는 한국 기업은 소수에 불과했다.

더구나 대다수 업체가 소규모 중소 업체들이었다.

올해 옌지시에 문을 연 제일제당의 식품 판매점도 50평

규모였다.

그나마 현대그룹에서 지린(길림)성 지역에 3만 톤 규모의
강관 공장을 세우기로 발표했다.

"중앙정부가 나서지 않는 한 지방정부의 힘으로는 큰 기
업들과 대규모 사업을 끌어들일 수가 없을 것입니다."

"예, 맞습니다. 저희의 힘으로는 한계가 있습니다."

황삭 자치주 당서기는 나의 말에 고개를 끄떡였다.

일정 규모 이상의 한국 기업들은 중국 시장 진출을 당연
한 절차처럼 생각했다.

하지만 중국 중앙정부의 지원과 혜택이 우선되는 도시와
인구가 몰려 있는 지역으로 집중되었다.

동북부 3성의 인구는 고작 1억이 넘을 뿐이었다.

그에 비해 중국 중앙정부의 전폭적인 지원이 이루어지고
있는 동부 연해 지역에 위치한 7개 성의 면적은 전체 토지
의 9.5%에 불과했지만 38%의 인구가 몰려 있었다.

"자치주가 지금보다 더 발전하려면 신의주 특별행정구와
활발한 연계가 필요합니다. 충분한 일거리를 만들어주어야
만 외부로 빠져나가는 인력들을 막을 수 있습니다."

나는 옌볜 조선족 자치주가 중국 정부에 기대는 것보다
신의주 특별행정구와 함께 발전해 나가길 원했다.

한국에 열풍이 서서히 불기 시작한 이 지역에 민족적 각

성이 일어나 남북한이 하나 되듯이 북간도도 한민족의 품으로 되돌아오길 원했다.

"예, 신의주 특별행정구의 놀라운 변화가 상하이의 푸둥 지구 못지않다는 것이 정말 놀라웠습니다."

박동규 옌지시 시장은 나의 초청으로 신의주 특별행정구를 방문했었다.

특별행정구와 신의주시를 비롯한 주변 일대의 놀라운 변화와 발전을 직접 눈으로 확인했다.

"저희도 신의주 특별행정구와 같은 산업 단지를 유치하고 싶습니다. 하지만 중앙정부에서 저희의 요구를 쉽게 받아들이지 않고 있습니다."

옌볜 조선족 자치주에 한국 기업들을 유치하기 위해 상하이와 같은 경제 청사진을 세웠지만, 중국 정부가 허가하지 않았다.

더구나 중국 정부는 수교 후 한국인들의 동북 지방 진출이 늘어나면서 현지 조선족들에게 역사와 영토적 민족의식을 부추기는 사례들에 대해 한국 정부에 불만을 제기하기도 했다.

조선족은 교육열과 민족적 자긍심이 다른 소수민족보다도 유별났다.

이러한 점 때문에 중국 정부는 동북부 지역에서 한국인

과의 잦은 접촉을 민감하게 보고 있었다.

"신의주 특별행정구의 형태까지는 중국 정부가 허가하기 힘들 것입니다. 그렇다고 해도 동부 연해 지역의 개발 형태는 가능합니다. 지속해서 낙후된 지역의 발전을 위한 개발 계획 요구를 중앙정부에 계속하셔야 합니다."

중국 정부가 이 지역에 상하이와 칭다오 정도의 지원을 한다면 정유 공장과 화학 공장을 세울 계획을 하고 있었다.

신의주 특별행정구에 세워질 공장으로는 중국과 한국, 그리고 일본의 수요를 다 충당할 수 없었다.

옌볜 조선족 자치주의 투자는 미래를 위한 투자였다.

"회장님의 말씀처럼 지속적으로 요구할 생각입니다."

"그리고 여기 계신 김진경 연변과학기술대 총장님이 요청하신 대로 3개의 소학교와 2개 중등학교를 세울 수 있도록 지원하겠습니다."

김진경 총장은 지난 92년 9월 옌볜 조선족 자치주 수도인 옌지(연길)시 중국 최초의 사립대학이자 우리말로 강의하는 유일한 교육기관인 연변과학기술대를 설립한 교육자다.

김진경 총장 또한 신의주 특별행정구를 방문했었고, 나에게 지원을 요청했었다.

그는 또한 10년에 걸쳐 북한을 돕는 일에 앞장선 인물이다.

북한에 필요한 아스피린, 페니실린 등 항생제와 필수 의약품을 매년 보내주었다.

축산 분야가 낙후되었다는 이야기를 듣고는 종자소와 축산 전문가를 보냈고, 93년에는 아예 황해남도에 목장을 설립해 북한 전역에 5백여 마리의 일소를 공급하고 있었다.

김진경 총장의 민족 사랑과 북한 동포를 돕는 일에 앞장선 일화를 듣고는 나는 그의 요청을 모두 들어주기로 마음먹었었다.

"정말 감사합니다. 조선족 학생들에게 민족의 정체성을 알려주고 우리말을 잊지 않기 위해서는 교육 분야에 대한 투자가 많이 이루어져야 합니다."

김진경 총장은 진심으로 기뻐했다.

그의 말처럼 민족의 정체성 유지와 감정적인 동질성 회복을 위해서는 교육에 대한 투자가 필요했다.

중국 내 한민족 공동체가 유지되어야만 간도를 되찾을 수 있는 명분도 된다.

"하하! 기뻐하시기는 이르십니다. 연변과학기술대에도 필요하신 연구센터를 설립해 드리겠습니다. 또한 연변과학기술대를 나온 학생들에게는 제가 운영하는 회사에 입사할 기회를 더 많이 드리겠습니다."

"하하하! 정말이지 이런 후원은 제가 학교를 설립하고 나서 처음 있는 일입니다. 너무나 감사드립니다."

김진경 총장의 얼굴은 기쁨을 감추지 못했다.

"진작에 도움을 드려야 했는데 조금 늦었습니다."

"아닙니다. 절대 늦지 않으셨습니다."

김진경 총장은 양손을 흔들어 보이며 말했다.

러시아에서도 초등학교부터 고등학교까지 고려인 학교를 설립하여 한국어로 교육하고 있었다. 현재는 대학 설립을 위한 준비를 하고 있었다.

"하하하! 강 회장님께서 아주 좋은 선물을 가지고 오셨습니다."

"하하하! 이런 도움이 진정한 동포애지요."

황삭 옌볜 조선족 자치주 당서기와 박동규 옌지시 시장도 함께 기쁨의 웃음을 토해냈다.

1990년대 중국의 산업화는 중국 내 대규모 노동력 이동을 견인하고 있었다.

조선족 자치주 또한 이러한 시대적 변화로 인해 취업과 결혼 등으로 인한 인구 이동, 출산율 저하, 급속히 확산되고 있는 세대 간의 단절 등으로 조선족 젊은 세대들의 민족 정체성이 비교적 약화되어 가고 있었다.

이러한 문제점을 예방하기 위해서는 교육에 대한 투자와 함께 자치주 내에 충분한 일자리가 만들어져야만 했다.

하지만 중국 정부의 지원은 한정되어 있었다.

신의주 특별행정구 내 닉스홀딩스 산하 기업들의 공장들이 본격적으로 가동되면 더 많은 지원이 이루어질 것이다.

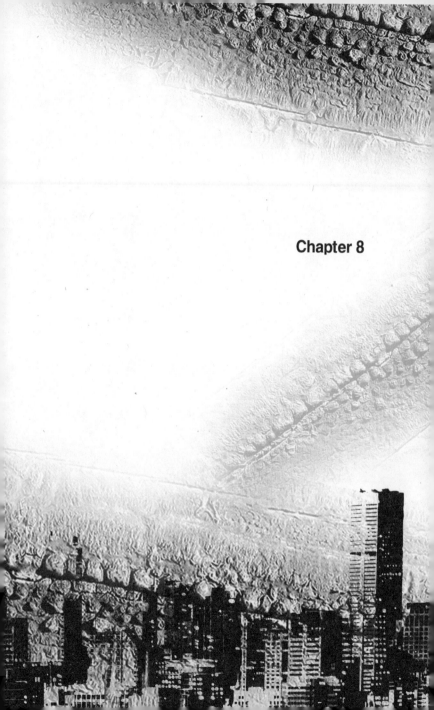

Chapter 8

　장춘과 선양을 거쳐 푸순시로 향했다.

　푸순 옆으로 동시베리아에서 이어 내려온 파이프라인 공사가 한창 진행 중이었다.

　중국석유천연가스집단공사(CNPC)와 합작으로 진행되고 있는 파이프라인 공사는 내년 상반기에 중국 내륙 라인이 모두 완공될 예정이다.

　중장비들의 굉음 소리가 사방에서 들려오는 북동부 파이프라인 공사에도 닉스E&C와 북한의 건설 인력들이 푸순과 단둥으로 이어지는 공사 구간을 담당하고 있었다.

더구나 이 공사에는 조선족 건설 근로자들도 상당수 참여하고 있었다.

"공정에는 큰 문제가 없습니다. 문제는 건설자재를 노리는 도둑들이 극성입니다."

현지 건설 책임자인 서재용 소장의 말이었다.

"피해가 있었습니까?

"저희는 아직 없었습니다. 도로 공사를 담당하는 성원건설이 교량 연결용 나사를 모두 도둑맞았습니다."

근래 들어 중국 전역에서 돈을 벌기 위해 이미 완공된 공공시설물이나 전기 선로 등을 훔치는 일이 다반사로 벌어지고 있었다.

중국 정부에서 대대적인 단속을 벌이고 있었지만 좀처럼 범죄 행위가 줄어들지 않고 있었다.

자본주의 열풍 속에서 돈이면 다 된다는 풍조가 조선족 자치 지역 내에도 퍼져 도시마다 수많은 술집과 나이트클럽, 노래방이 생겨났고, 심지어 정체불명의 북한 골동품을 파는 가게까지 등장했다.

"음, 파이프라인이 완공되어도 관리를 철저히 해야겠습니다."

"예, 기름을 훔쳐가는 일도 미리 대비해야 할 것 같습니다. 위험한 일임에도 불구하고 이곳 사람들은 돈이 되면 물불을 가리지 않는 것 같습니다. 송유관을 통한 기름 도둑이…….”

중국 내 송유관 매설 지역 인근의 농민들은 송유관에 구멍을 뚫은 다음 펌프로 원유를 몰래 빼가고 있으며, 대규모 석유 절도를 노린 범죄 집단은 자신들의 송유관을 불법으로 연결해 대량으로 빼내는 수법을 썼다.

절도범들은 이렇게 빼돌린 석유를 불법적으로 운영 중인 소규모 석유정제 시설에 몰래 판매하고 있었다.

절도로 인해 송유관에서 석유가 유출되면서 환경오염은 물론이고 대형 화재까지 발생할 수 있는 위험이 항상 뒤따랐다.

문제는 가스관에 파이프를 연결해 천연가스를 절도하는 경우도 있다는 것이다.

가스절도범들은 커다란 비닐 주머니에 가스를 가득 담아 자전거에 실어 운송하는 등 석유 절도에 비해 크게 위험한 절도 행위까지 진행했다.

러시아에서는 룩오일NY Inc가 관리하는 파이프라인에서 원유와 천연가스를 절도한다는 것은 꿈도 꿀 수 없는 일이었다.

자체 경비 인력뿐만 아니라 코사크가 연계되어 있어 절도 자체가 불가능하다고 여겼다.

더구나 러시아 마피아들 자체가 코사크에게 맞설 상황을 만들지 않았다.

하지만 중국은 러시아가 아니었다.

"확실히 사전에 대책을 세워야겠습니다. 중국석유천연 가스집단공사(CNPC)와도 이 문제에 대해 논의를 진행하십시오. 룩오일NY는 내가 따로 지시를 내리겠습니다."

공사 현장을 함께한 닉스정유와 화학 관계자들에게 말했다.

현재 중국 내 파이프라인의 지분은 룩오일NY Inc가 40%를, 중국석유천연가스집단공사(CNPC) 15%, 상하이롄허투자공사 15%, 그리고 나머지 30%를 닉스홀딩스와 닉스정유, 닉스화학이 투자금에 따라 나누어 가졌다.

"예, 문제 되는 부분과 예방 대책을 세우겠습니다."

중국으로 이어져 내려온 동시베리아 파이프라인은 닉스정유로 직접 연결된다.

다른 정유 회사와는 큰 차별성이자 높은 경쟁력을 갖출 수 있는 이유였다.

공사 현장을 더 둘러본 후 선양으로 향했다.

선양과 창춘, 지린 등 세 도시에 도시락마트를 세우기 위해서였다.

이를 위해서 장쩌민(강택민) 아들인 장몐헝과 만나기로

했다.

장멘헝은 중국석유천연가스집단공사(CNPC)가 가지고 있는 30%의 중국 내 파이프라인 지분 중 15%를 자신이 대표로 있는 상하이롄허투자공사를 통해 인수했다.

상당한 이익이 보장되는 파이프라인 지분을 인수할 수 있었던 것은 현재 그의 아버지인 장쩌민이 중국의 최고 권력자였기 때문이다.

그리고 나는 상하이롄허투자공사의 지분 10%를 가지고 있었다.

장멘헝이 상하이롄허투자공사를 인수할 때 그에게 천만 달러를 투자했다.

중국 내에서 원활하고 안정적으로 투자와 이익을 얻으려면 정부 관계자나 그에 필적하는 인물과 연계를 해야만 했다.

장멘헝은 덩샤오핑(등소평)의 아들인 덩즈팡과 함께 중요한 파트너이자 꽌시(관계)였다.

중국에서는 인맥의 네트워크를 시망이라고 한다.

이런 꽌시를 통해 한 번 혜택을 입으면 다음에는 신세를 갚음으로써 관계를 유지하고 더욱 발전시켜 나간다.

중국에서 사업을 진행하려면 꽌시 없이는 성공하기 힘들다.

현재 장멘헝은 상하이렌허투자공사을 통해서 상당수의 국영기업을 인수하고 있었다.

"하하하! 반갑습니다. 강 회장님께서 너무 바쁘신 것 아닌지 모르겠습니다."

장멘헝은 나를 보자 활짝 웃으면서 손을 내밀었다. 환한 장멘헝의 얼굴처럼 그의 사업도 날개를 펴고 있었다.

"하하하! 그런가요. 요즘 들어 시간을 내기가 더 힘들어지는 건 사실입니다."

"바쁘시다는 건 좋은 일입니다. 자, 앉으시지요."

장멘헝과 만나는 자리에는 중국 방문 때 비서 역할을 하는 박용서 대리가 함께했다.

이제는 중국어로 일상적인 대화가 가능했지만, 사업적 부분에 있어 실수가 없게 하려면 통역이 필요했다.

"사업은 점점 번창하신다고 들었습니다."

"하하하! 강 회장님에 비하면 저는 아직 멀었습니다. 그리고 북동부 파이프라인의 지분을 확보할 수 있게 도움을 주셔서 감사했습니다."

CNPC와 협상할 때 장멘헝에게 연락을 취했다. 또한 룩오일NY Inc는 CNPC에게 상하이렌허투자공사와 함께 참여해야만 계약을 체결하겠다는 의사를 전달했다.

동시베리아 파이프라인에서 연계된 북동부 파이프라인은 중국 3대 국유 석유 업체인 중국석유화공고분유한공사(Sinopec, 시노펙)에서도 노리고 있었다.

막대한 이익이 발생할 수 있는 북동부 파이프라인의 지분을 누가 가져가느냐에 따라서 중국 석유업계의 판도가 달라질 수 있었기 때문이다.

더구나 장멘헝은 상하이렌허투자공사를 통해서 CNPC(중국석유천연가스집단공사)의 인수를 노리고 있었다.

"당연히 그래야지요. 서로를 도와 함께 발전해 나가는 것이 진정한 꽌시라고 들었습니다."

"하하하! 강 회장님의 말씀이 맞습니다. 꽌시는 진정한 관계이자 우정입니다. 이 장멘헝은 도움을 받으면 결코 그대로 있지 않습니다."

나와 장멘헝은 앞으로도 지속적인 관계를 맺을 수밖에 없는 사이였다.

장멘헝이 CNPC를 인수하기 위해서는 상당한 자금이 필요했고, 그 자금을 지원할 수 있는 사람 중 하나가 나였다.

원래 상하이렌허투자공사는 이동통신 분야에 큰 영향력을 행사하는 기업이었다.

하지만 나의 영향으로 장멘헝은 석유산업에 눈을 돌렸다.

이는 향후 블루오션상하이의 앞길을 막아서지 못하게 하

기 위한 전략이자, 궁극적으로는 장멘헝을 앞세워 중국 에너지 산업에 영향력을 확대하기 위해서이기도 했다.

"별말씀을 다 하십니다. 장 회장님께서 늘 저에게 도움을 주시고 계시지 않습니까?"

"당연히 친구를 도와야지요. 회장님이 원하시는 대로 동북 3성에 종합판매장에 대한 허가가 모두 날 것입니다."

장멘헝은 내가 예상한 대로 선물을 가지고 왔다.

랴오닝성, 지린성, 헤이룽장성에 도시락마트를 설립하기 위해 중국 정부에 허가를 요청했지만 무슨 일인지 허가가 떨어지지 않았었다.

동북부 3성에 대한 경제 지배력을 갖추기 위해서는 일상 용품들과 식료품에 대한 지배가 먼저 이루어져야만 한다.

신의주 특별행정구에서 생산되는 제품들을 통해서 동북부 3성에 대한 상품 지배력을 높일 수 있었다.

현재 중국의 기초적인 생활 제품들은 한국 제품들과 큰 차이가 나고 있었다.

"하하! 감사합니다. 이리 쉽게 해결될 줄은 몰랐습니다."

장멘헝에게는 쇼핑센터에 대한 이야기를 꺼냈었다.

합작에 대한 이야기도 건넸지만 큰 관심을 보이지 않았다.

그는 자잘한 상품을 파는 판매점에는 관심이 없어 보였다.

"필요한 것이 있으시면 언제든지 말씀하십시오. 그리고 중국석유천연가스집단공사에 관해서 말씀인데……."

장멘헝은 자신의 아버지인 장쩌민의 중국을 이끄는 기간 내에 CNPC를 인수하길 원했다.

중국에서 에너지산업은 어떤 사업보다도 전도유망한 사업이었다,

더구나 질 좋은 원유와 천연가스의 공급처가 확실한 상황에서는 더욱 말이다.

*　　　*　　　*

정태술 회장은 요즘 들어 평소 느껴보지 못한 위기감이 느껴졌다.

다른 기업들은 사세 확장에 열을 올리고 있었지만, 한라그룹은 별다른 움직임을 펼치지 못했다.

그나마 주유소 거리 제한의 폐지로 인해서 주유소 사업에 참여하기로 한 것이 움츠려 있던 한라그룹에 활기를 주는 일이었다.

"닉스정유와는 접촉해 봤어?"

새롭게 주유소 사업을 맡게 된 이정운 대표에게 물었다.

"예, 만나는 봤지만, 아직 구체적인 업체 선정은 결정된

것이 없다고 합니다."

"음, 유호와 쌍방울도 참여하는 것도 그렇지만 대산도 움직인다는 것이 문제야."

대산그룹이 주유소 사업을 결정했다면 기업 특성상 서투르게 나오지 않을 것이 분명했다.

대산에너지로 인해서 현금을 많이 까먹었다고는 하지만 현금 동원 능력이 국내 제일이었다.

"예, 저희도 대산 쪽에 초점을 맞추고 있습니다. 다른 기업들이 어떻게 나올지는 모르겠지만, 저희와 대산의 싸움이 되지 않을까 생각됩니다."

"그래, 유호와 쌍방울은 한계가 있어. 최대한 닉스정유에 원하는 걸 내주더라도 공급권을 따와."

닉스정유에서 휘발유와 경유, 그리고 천연가스를 공급받을 수만 있다면 주유소 사업을 성공적으로 이끌어갈 수 있었다.

러시아에서 직접 공급되는 원유로 인해 닉스정유에서 공급되는 휘발유와 경유가 다른 정유 회사보다 싸게 공급될 것이라는 말들이 나오고 있었기 때문이다.

"예, 실망시켜 드리지 않겠습니다."

한라건설은 일본 자금을 끌어들여서 주유소 사업에 투자하려고 준비 중이었다.

엔화 강세로 인해 일본계 자금의 상당한 금액이 국내로 들어오고 있었다.

일본은 85년 9월 이른바 플라자 합의 때문에 엔 달러 환율이 달러당 240엔대에서 95년 4월에는 80엔대로, 3분의 1 수준으로 급락했다.

그동안 일본은 엔고 불황을 극복하기 위해 적극적으로 아시아에 진출했다.

임금 등 생산 비용이 싼 아시아를 생산 거점으로 삼기 위한 전략이었다.

동남아시아를 포함한 동아시아는 엔화 가치 상승으로 활로를 찾던 일본 기업들과 미국, 유럽 선진국의 기업들이 저임금 메리트가 있는 직접투자 바람을 타고 기적적인 성장을 이뤄내고 있었다.

"그래야지. 한라가 다르다는 것을 확실히 보여줘야지."

정태술 회장은 한라그룹의 새로운 도약의 시발점을 주유소 사업으로 삼았다.

꾸준하게 성장해 왔던 한라그룹은 한라㈜와 한라건설로 통해서 몇 년간 막대한 손해를 보았고, 그로 인해서 그룹 성장을 위한 동력을 잃어버렸었다.

일본의 자금을 어느 때보다도 저리로 빌릴 수 있는 지금이 한라그룹의 새로운 활로를 모색할 수 있는 기회였다.

장멘헝의 영향력은 시간이 갈수록 덩샤오핑의 아들인 덩
즈팡을 넘어서고 있었다.

최상층 권력 실세의 아들이라는 것이 동북 3성의 일에서
도 여실히 증명되었다.

장멘헝의 도움으로 랴오닝성, 지린성, 헤이룽장성의 주
요 도시마다 도시락마트가 들어갈 수 있게 된 것이다.

중국 정부의 허가가 나오지 않았던 이유는 자국 산업 보
호라는 다소 생뚱맞은 이유였다는 것을 뒤늦게 알게 되었
다.

누군가 의도적으로 도시락마트의 진출을 막은 느낌이 들
었다.

장멘헝의 도움으로 건물과 대지 확보에서도 도시락마트
가 원했던 장소를 손쉽게 얻을 수 있었다.

"올해 장춘과 선양, 지린시에 1만 2천 평 규모의 도시락
마트을 먼저 건립할 계획입니다. 마트가 완공되기 전에는
기존 건물을 임대해서 판매할 예정입니다."

도시락마트를 담당하고 있는 김동빈 전무의 보고였다.

"중국 내에서 구매할 물건들은 식료품에 한정하십시오.

공산품과 가공식품들 모두는 한국과 러시아에서 들려오는 것으로 해야 합니다. 그리고 도시락에서 생산할 수 있는 식료품의 종류를 더 확대하십시오."

도시락은 라면을 넘어선 종합 식품 회사로 나가기 위해서 통조림과 과자, 햄, 식용유를 생산하는 식품 회사들을 한국과 러시아에서 차례대로 인수했다.

"예, 가공식품의 가짓수를 늘리고 있습니다."

"특히나 현지 상표 등록에도 신경을 쓰십시오. 중국 내 진출하는 회사의 모든 상표와 비슷한 상표명을 모두 등록하십시오."

중국에서는 지식재산권 보호 제도가 아직 제대로 작동하지 않았다.

중국의 지적재산권은 번거로운 등록 절차는 물론이고 빈번한 악의적인 선등록과 규범화되지 않은 상표 대리 활동 등의 문제점이 많았다.

앞으로도 큰 진전이 없는 분야였고, 한국의 인기 상표도 중국 내 선등록을 하면 그대로 사용할 수 있었다.

"비슷한 상표명도 말씀입니까?"

"예, 비슷하게 발음되거나 유사한 상표명 모두 등록하십시오. 그렇지 않으면 애써 키워놓은 상표를 그대로 빼앗길 수 있습니다."

도시락마트가 인기를 얻는다면 얼마 가지 못해 비슷한 마트가 생겨날 것이다.

물론 도시락마트에서 판매되는 제품들의 상표와 포장 디자인을 그대로 베낀 짝퉁 제품들이 버젓이 판매될 것이다.

"예, 바로 등록 절차를 진행하겠습니다."

"식품 포장 디자인도 확연히 구별될 수 있게 신경을 더 쓰십시오. 짝퉁 제품과 차별될 수 있게 말입니다."

"아직 짝퉁 제품이 나오지도 않았는데 그렇게나 신경을 써야 합니까?'

아직 중국 내로 도시락에서 만든 식품들이 진출하지 않은 것은 물론이고 짝퉁 제품이 나오지 않은 상황이었다.

"돈이 된다고 하면 중국의 기술자들은 모든 걸 짝퉁으로 만들어냅니다. 물론 맛도 비슷하게 말이지요."

중국은 일상 제품들은 물론 식료품들에서도 짝퉁 제품이 많이 생산되기 때문에, 화공 약품으로 만든 가짜 식품들로 인해서 심각한 문제들이 많이 발생한다.

현재 중국 푸젠성 푸톈시의 경우 아이다스, 나이스, 리북 등 유명한 브랜드의 위조 신발이 유통되는 근거지다.

미국에서 닉스 신발이 인기를 얻자 중국에서 가짜가 생산되기 시작했다.

"정말 회장님께서는 중국의 현지 사정을 전문가보다 더

잘 아시는 것 같습니다. 관련된 부서에 충분한 지시를 내려 놓겠습니다."

"김 전무님께서 수시로 체크를 하셔야 합니다."

"예, 제가 책임지고 문제없이 진행하겠습니다."

"좋습니다. 도시락의 중국 진출은 회사의 이익을 벗어나 더 큰 뜻이 있기 때문입니다. 제품 공급이 원활할 수 있게 중국 내 물류망에 관한 상황도 충분히 점검하시길 바랍니다."

"예, 러시아의 부란과 문제점들을 검토하고 있습니다. 중국 내 도로망은 러시아보다 형편이 나은 편이었습니다."

"중국 또한 러시아처럼 물류망의 구축이 성공을 좌우할 것입니다."

부란은 내년 상반기에 러시아의 물류망을 완성할 예정이다. 그렇게 되면 주요 도시마다 필요한 날짜에 원하는 물건이 도착할 수 있을 것이다.

신의주 특별행정구에서 생산된 제품들도 부란을 통해서 러시아에 공급될 예정이다.

신의주 특별행정구의 도시락 공장 주변으로는 새로운 공장들이 증설되고 있었다.

이미 완공된 도시락 공장과 함께 케첩, 마요네즈를 생산하는 공장들도 완공되었다.

간장과 설탕, 식초, 조미료를 생산하는 공장들이 공사 중이었다.

그 옆으로는 이천 공장에 있는 제품 개발 연구소보다 3배나 더 큰 연구소가 완공되어 중국 공략에 필요한 제품들을 준비 중이었다.

요리를 즐겨 해 먹는 중국인에게 필요한 해물 간장, 향미유, 중국식 양조간장, 굴소스, 라유(매운 기름) 등도 개발되어 생산될 예정이다.

중국의 식료품 시장과 조미료 시장은 해마다 안정적으로 성장세를 구가하고 있었다.

앞으로 20년간 조미료와 장류는 20% 이상 성장할 분야였다.

주요 대도시에서는 소비 수준 상승으로 인한 요식업의 성장과 함께 쌀이나 면을 소비했던 가정집에서도 육류와 수산물의 소비가 늘자 그에 대한 맛을 늘리기 위해서 조미료의 사용이 늘어나고 있었다.

더구나 식품 안전에 대한 규제와 의식이 미비한 현시점에서 동북부 3성에 안심하고 먹을 만한 가공식품과 조미료 제품이 부족했다.

"120만 달러에 라오간마 양념장 제조법을 인수했습니다."

도시락의 해외식품사업부 서장용 이사의 보고였다.

라오간마의 인수는 과거 중국에 출장을 갔을 때 맛보았던 제품 때문이었다.

그 당시 라오간마 고추기름은 전국적으로 중국인들에게 국민 조미료로서 크게 인기를 끌었다.

별다른 반찬 없이도 라오간마 양념장만으로 밥을 먹는 중국인이 적지 않았다.

"수고하셨습니다. 조미료 공장이 완공되기 전까지 라오간마 제조법을 이용한 양념들을 더 개발하십시오."

120만 달러라는 적지 않은 금액으로 라오간마 양념장에 대한 제조권을 사들였지만, 앞으로 수백 배 이상의 수익으로 돌아올 것이다.

라오간마 창업주는 가난한 농가 출신인 타오화비 여사로 1989년 국수 가게를 운영하면서 몇 년간의 연구로 직접 만든 매운 양념장이 맛있어 명성을 얻었다.

그 유명세를 발판으로 1996년부터 40명의 직원을 데리고 라오간마를 창업한 후, 양념장을 대량 생산하여 전국으로 판매한 후부터 중국의 가장 대표적인 양념장으로 올라섰다.

"예, 맛을 보니까 상당한 중독성이 있었습니다."

"매운맛이 상당히 부드러우면서 입맛을 자극하는 풍미가

느껴졌을 것입니다."

"아니, 어떻게 아셨습니까? 국수를 드시러 가셨습니까?"

양념장을 먹어본 사람들은 인수팀과 개발팀뿐이었다.

"아, 네. 한 번 먹어본 적이 있습니다. 그래서 맛을 기억하고 있었지요."

사실 과거로 오기 전 중국 출장 중에 양념장을 먹어봤었지 국수는 먹지 못했다. 그리고 아직 양념장이 나오는 시기가 아니었다.

아마 내년에 라오간마를 인수하려고 했다면 가능하지 못했을 것이다.

"정말이지 회장님의 발걸음이 닿지 않는 곳이 없는 것 같습니다. 중국 전역을 다니시는 것 아닌지 모르겠습니다."

"하하하! 더 많은 것을 보고 들어야 중국 시장을 넘볼 수 있습니다. 현지를 직접 보지 않고 책상에 앉아 보고서나 책으로만 중국을 접하면 안 됩니다. 그래서 직접 라오간마 인수에 서 이사님을 파견한 것입니다."

상식적인 기업이라면 국수집에서 만든 양념 레시피를 120만 달러에 사들인다는 것은 도저히 있을 수 없는 일이었다.

"예, 저도 직접 현장을 살피고 국수와 양념장을 먹어보지 않았다면 회장님께서 말씀하셨지만 반대를 했을 것입니다. 라오간마 양념장은 도시락 식품들의 중국 시장 진출에 첨

병이 될 것이 확실합니다."

서장용 이사는 라오간마 양념장에 푹 빠져 있었다.

그도 그럴 것이 라오간마 양념장은 중국은 물론이고 전 세계로 수출되어 고추기름만으로 해마다 6천6백억 원이라는 놀라운 매출을 올렸다.

도시락은 중국 시장을 선도하기 위한 제품들을 하나둘 준비하고 있었다.

*   *   *

신의주 특별행정청 장관의 숙소는 풍광이 좋은 관광 지구 내에 마련되어 있었다.

훤한 달빛을 받으며 유유히 흘러가는 압록강과 저 멀리 서해가 보이는 멋진 곳이었다.

"정말 이곳도 많이 변했습니다."

"예, 처음 봤을 때는 훤히 보이는 벌판과 배추밭뿐이었으니까요."

김만철의 말에 나는 술잔을 들고서 주변의 달라진 풍광을 바라보았다.

그의 말처럼 이곳은 작물을 심은 곳보다 잡초와 갈대가 뒤엉킨 벌판이 더 많았다.

아무것도 없었던 이곳에 이제는 멋진 호텔들과 리조트가 들어서 있었다.

"회장님이 손이 닿는 곳마다 마술처럼 모든 풍경이 변해 가네요. 어느 누가 지금의 이 모습을 상상했겠습니까."

눈앞에는 멋진 건물들 외에도 수많은 나무가 심어져 하나의 숲을 이루고 있었다.

"그렇게요. 저도 이렇게나 멋지게 변할 줄 몰랐습니다. 이곳을 방문한 사람들이 다시 오고 싶어 하겠죠?"

"물론입니다. 단순히 아름다운 풍광만 있는 것이 아니지 않습니까? 저도 닉스랜드에서 놀이 시설을 몇 개 타봤는데 정말 재미있었습니다. 가족과 함께 꼭 오고 싶어졌습니다."

"예, 앞으로 많은 사람들이 찾는 곳이 될 것입니다. 이곳을 찾는 사람들이 다시금 돌아갈 때에는 닉스와 닉스랜드를 비롯한 그룹 내 기업들에서 생산된 물건을 사서 갈 것이고요."

닉스랜드에서 보고 즐긴 것들로 인해 닉스홀딩스 산하 기업에서 생산된 물건들을 보다 친숙하게 접할 수 있을 것이다.

미래에 나올 귀엽고 예쁜 캐릭터들뿐만 아니라 만화 속 영웅들도 닉스랜드에서 볼 수 있었다.

그러한 캐릭터와 디자인들을 닉스를 비롯한 산하 기업들에서 사용할 예정이다.

어쩌면 닉스랜드는 어린 시절부터 닉스홀딩스에 속한 기업들을 거부감 없이 접하게 되는 공간이기도 했다.

"회장님이 품고 있는 생각을 다는 이해할 수 없지만 무엇을 말씀하시는지는 조금은 알 것 같습니다."

항상 옆에서 하는 일들을 봐왔던 김만철이었기에 내가 그리고자 하는 큰 그림에 대해 이해하는 인물 중 하나였다.

"멀리 내다봐야 합니다. 닉스홀딩스가 예전보다 커졌지만 아직은 더 크게 성장해야만 남북한에 닥쳐올 위기들을 올바른 방향으로 이끌어갈 수 있습니다."

"그런 위기들이 눈에 보이신다는 게 저는 참 신기합니다. 제가 볼 때는 남북한 모두 아무 문제 없이 잘 돌아가고 있는 것 같으니 말입니다."

"예, 지금은 아무 문제 없이 돌아가는 것처럼 보일 것입니다. 아니, 태풍의 눈에 들어 있는 것처럼 고요하지요. 하지만 곧 닥쳐올 위기에 모든 것이 바뀔 것입니다."

일본이 벌어들인 막대한 경상수지 흑자와 그와 반대되는 미국의 경상수지 적자가 만들어낸 과잉유동성이라는 괴물이 아시아로 몰려들고 있었기 때문이다.

일본은 해외에 많은 양의 자본을 수출하여 대규모 경상수지 흑자로 인한 국내 경기 과열을 막으려고 시도하고 있었다.

이로 인해 태국을 비롯한 동남아시아와 한국에도 상당한 일본 자금을 비롯한 외국 자본이 꾸준히 유입되었다.

과도한 자금의 유입은 특정 지역이나 투자 테마를 중심으로 붐을 이르게 하고, 이는 자산 가격을 상승시키고 과잉투자를 불러온다.

과잉투자는 오래가지 않아 조정 과정을 거치면서 혹독한 불황을 낳게 되며, 경제 주체들에게 가혹한 비용을 지불하게 된다.

한국은 지금 경상수지가 해마다 지속적인 적자였지만, 해외자본 유입으로 외화 보유액이 꾸준히 증가하고 있었다.

더구나 한국 경제와 더불어 성장해 온 재벌들의 팽창 정책과 맞물려 수익성을 고려하지 않은 과잉투자 및 중복 투자가 누적되는 상황이었다.

풍부해진 자금을 바탕으로 주요 재벌마다 공장 증설과 인수 합병이 여기저기서 이루어지고 있었다.

한편으로 현 정부가 내세운 세계화로 인한 자본자유화 과정에서 붐처럼 해외투자가 무분별하게 이루어지고 있었다.

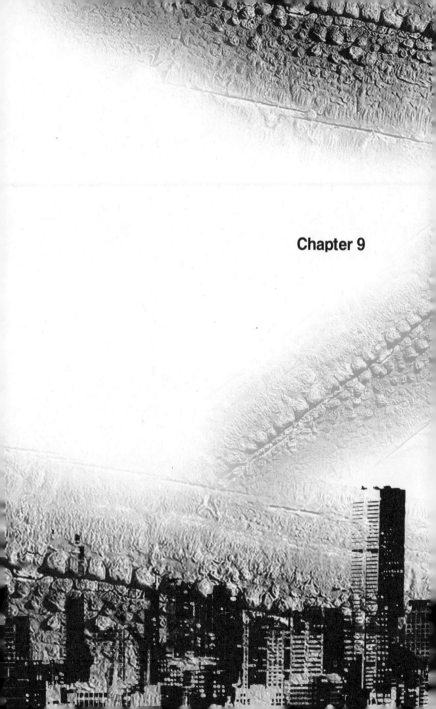

Chapter 9

　신의주에서 평택으로 향하는 한반도 파이프라인 공사가
시작되었다.

　남북한은 세 차례의 협상을 통해서 최종적으로 개성을
거쳐 파주로 이어지는 코스를 선택하였다.

　평택에 액화천연가스(LNG) 저장 시설을 갖추어 서울을
비롯한 수도권 일대에 도시가스를 공급하기로 한 것이다.

　신의주에서 이어진 가스 파이프라인은 평양에도 천연가
스를 공급할 예정이다.

　하지만 파이프라인을 통한 원유 공급은 제공하지 않기로

했다. 대신 신의주 특별행정구에서 정제된 휘발유와 경유 등 정제유를 공급할 예정이다.

파이프라인을 통해 공급되는 원유가 군사용으로 전용될 수 있다는 미국 측 우려로 인해 공사가 2년 뒤로 미루어졌기 때문이다.

미국은 남북한 급속한 화해 분위기를 달가워하지 않았다.

동북아의 냉전은 아직 미국의 세계화 전략에서 필요한 부분이었다.

북한이 추진 중이었던 북미 간의 외교관계 성립도 예상과 달리 올해를 넘길 것이라는 보도가 나오고 있었다.

"원유 파이프라인의 합의가 이루어지지 않은 것은 아쉬운 일이지만 가스 파이프라인의 공사가 시작되었다니 다행입니다. 우리가 계획한 일정대로 공사가 끝날 수 있도록 신경을 쓰십시오."

"예, 특별한 일이 없으면 97년 4월까지 모두 끝낼 수 있습니다."

닉스E&C의 박대호 대표의 말이었다.

닉스홀딩스 산하 기업 중 가장 바쁘게 움직이고 있는 사람 중의 하나였다.

"저장 부지 계약은 어떻게 진행될 예정입니까?"

"평택항에서 1㎞ 떨어진 내기리로 확정되었습니다. 현재 정부에서 토지 수용과 보상 절차가 진행되고 있습니다. 토지 수용이 끝나는 대로 곧바로 공사에 들어갈 예정입니다."

새롭게 닉스에너지 대표가 된 김정민 대표의 말이었다.

정부의 보상 절차가 완료되면 닉스에너지에서 다시금 정리된 토지를 매입하기로 했다.

토지 수용에 따른 시비를 막기 위해서 닉스에너지가 나서지 않았다.

닉스에너지는 도시가스와 LPG 가스 공급을 담당한다.

남북한 천연가스 파이프라인이 완공될 시점에 가스 저장 시설도 갖춰져야만 했다.

국내 최대가 될 평택 가스 저장 시설은 서울을 비롯한 수도권 일대의 한 달 치 가스 사용량을 저장할 수 있는 시설을 갖추게 된다.

"일정이 촉박하지 않도록 준비를 잘하시길 바랍니다. 닉스가스의 공급은 어느 지역부터 시작합니까?"

"서울의 강남 지역과 경기도 남부 일대인 안양과 수원, 안산, 시흥입니다. 강남 지역 공급을 위해서 독산동, 대치동, 내곡동에 LPG 공장과 중간 기지를 마련할 예정입니다."

국내 도시가스 보급률은 전체 가구 수 기준으로 28.1%였

고 에너지원별 소비 비중도 3.9%로 미국을 비롯한 유럽의
20%대와 비교해서 성장 가능성이 큰 분야였다.

아직 국내는 연탄과 석유, 그리고 LPG의 비중이 높았다.

"대지를 매입할 때도 확장을 염두에 두고서 충분히 매입
하기 바랍니다. 인수 가능한 도시가스 업체는 알아보셨습
니까?"

"예, 현재 대한도시가스와 극동도시가스 두 회사와 협상
을 벌이고 있습니다. 대한도시가스 쪽이 더 적극적으로 나
오고 있습니다."

도시가스 공급 업체는 28개로 현재 도시가스 공급 점유
율에 있어 서울도시가스가 19.7%로 업계 1위를 달리고 있
으며, 그 뒤로 삼천리가 15.2%, 대한도시가스 13%, 극동도
시가스 9.5%, 경남에너지가 3.9%를 차지하고 있다.

도시가스 업체의 인수는 기존 업체를 이용하여 단숨에
시장을 장악하기 위해서였다.

닉스에너지를 통해서 도시가스가 공급되면 기존의 가격
보다도 10% 이상 저렴하게 공급된다.

최대 40% 이상 저렴하게 공급할 수 있었지만, 기존 업체
들의 반발과 로비로 인해 더 값싸게 공급할 수 없었다.

하지만 시간이 지날수록 시장의 추이는 닉스에너지를 따
라올 수밖에 없을 것이다.

"하나의 업체만을 생각하지 마시고 두 개의 업체도 상관 없습니다. 파이프라인이 연결될 때까지 충분한 공급망을 확보하시기 바랍니다."

"예, 말씀대로 진행하겠습니다."

닉스에너지를 통해서 충분히 국민에게 혜택을 주고자 했 지만, 마음먹은 대로 쉽지가 않았다.

신의주 특별행정구에 머물면서 닉스홀딩스 산하 기업들 과의 회의와 미팅은 계속되었다.

한국 경제가 재편되는 IMF 외환 위기를 대비하기 위한 사전 작업들을 위해서였다.

*　　　*　　　*

신의주시와 단둥시를 잇는 새로운 다리가 완공되었다.

신의주 특별행정구 내의 공사가 시작될 무렵부터 제일 먼저 시작된 공사였다.

중국의 관광객과 신의주 특별행정구에서 만들어진 제품 들이 중국으로 팔려 나가기 위해서는 지금의 조중우호대교 로는 부족했다.

새롭게 만들어진 대교는 신의주대교로 이름을 붙였다.

이전 조중우호대교와 달리 북한의 신의주시와 특별행정

구가 건설 비용을 모두 부담했기 때문이다.

신의주대교는 6차선의 도로와 함께 걸어서 다리를 건널 수도 있었다.

"이제 시작입니다. 앞으로 이 다리를 통해서 수많은 수출품이 중국으로 향할 것입니다."

내 말처럼 신의주 특별행정구에서 생산된 와이셔츠와 스타킹, 속옷, 라면 등 기초 생활 물품을 실은 수백 대의 트럭들이 줄지어 단둥으로 넘어가고 있었다.

"정말이지 이제야 조금씩 실감이 납니다. 저 제품들이 중국의 소비자들 손에 들어가면 이곳을 찾을 수밖에 없을 것입니다."

이태원 특별행정청 국장의 말이었다.

중국의 상인들이 한국을 방문해 중국 제품보다 뛰어난 한국제 상품들을 사 가고 있었다.

일본 제품들보다 값싸고 중국보다 품질이 좋은 제품들로, 옷과 기초 생활 물품들이 주였다.

더구나 제품의 품질이 뛰어나고 가격 경쟁력까지 갖춘 신의주 특별행정구의 제품들은 물류비용까지 저렴했기 때문에 중국 측 바이어들이 너도나도 주문하고 있었다.

더구나 신의주에서 생산되는 제품들은 남북한이 아닌 신의주라는 원산지 상표가 붙었다.

"충분히 물품을 공급할 수 있도록 해야 합니다. 동북부 3성에서 메이드 인 신의주의 제품이 시장을 장악할 때까지 말입니다. 그리고 역으로 특별행정구의 제품이 중국에서 북한으로 역수입되는 것도 차단해야 합니다."

북한은 중국보다 식량과 생필품의 부족이 심각했다.

북한 정부는 신의주 특별행정구에서 벌어들이는 자금으로 부족한 식량을 수입하고 있었다.

김평일 당비서가 여러 가지 경제정책을 펼치고 있었지만 경직된 북한의 관리 체계 아래에서 그 효과가 빠르게 나타나지 않고 있었다.

군비 감축을 통해 얻은 자금으로 생필품을 생산하는 공장들을 짓고 있었지만 아직은 많이 부족했다.

그나마 신의주 특별행정구의 가동과 신의주 시장을 통해서 공급되는 물품들로 인해 조금씩 나아져 갔다.

"신의주 특별행정구에서 생산된 제품들을 신의주 시장에서도 공급하고 있습니다. 북한에서 생필품 공장들이 본격적으로 가동되면 사정이 나아질 것입니다."

"사정은 나아지겠지만, 특별행정구에서 생산되는 제품의 품질과 같지 않으면 특별행정구 제품들의 유통단가가 높아질 것입니다. 아니, 확실히 사용하는 사람들의 계층이 갈리겠죠."

신의주 시장으로 공급되는 제품들은 북한의 상인은 물론 중국 보따리상인들도 대량으로 구매해 가고 있었다.

북한 제품들과 품질이 확연히 다르기 때문이다.

신의주 특별행정구에서 생산되는 제품들을 북한에는 공급하지 않으려고 했지만, 역으로 비싼 가격에 중국에서 북한으로 역수입되는 것을 방지하기 위해서 일정 물량의 공급이 결정되었다.

"예, 회장님의 말씀처럼 될 것 같습니다. 생산량이 한정된 상황에서 찾는 사람들이 많다 보니, 벌써 시장에서 가격이 달라지고 있습니다."

특별행정국을 찾은 김동진 비서실장의 말이었다.

시장은 수요의 법칙에 따라 움직였다.

신의주 자유시장에 특별행정구에서 생산되는 제품들이 본격적으로 공급되자 자유시장에서 팔리던 중국 제품들과 확연하게 가격 차이가 나기 시작했다.

신의주 자유시장은 남한에서 생산되는 제품들과 함께 중국제 제품은 물론 일본, 미국 제품도 팔리고 있었다.

값싼 가격 때문에 중국 제품을 찾던 소비자들이 특별행정구 제품으로 넘어가고 있었다.

남한 제품보다 저렴하고 품질이 전혀 떨어지지 않기 때문에 시장에서의 점유율이 빠르게 높아졌다.

남한에서 생산된 제품들은 신의주 특별행정구에 공급된 제품 중 일부가 흘러들어 간 것이었고, 원산지를 알 수 있는 라벨이 제거된 후 팔렸다.

"이러다가는 남한으로 공급되는 제품은 없을 것 같습니다."

"값싼 노동력만 생각하고 들어왔던 입주 업체들도 중국으로 수출이 확대되자 놀라는 모습이었습니다. 어떻게든 특별행정청에 잘 보여야 하는 상황이라서 저희 통제를 잘 따르고 있습니다."

이태원 국장의 말처럼 특별행정구에 입주한 회사들은 북한의 값싼 노동력만을 생각했었다.

대다수 업체가 특별행정구에서 만들어진 제품을 국내로 들여와 판매할 예정이었다.

하지만 신의주 특별행정구에서 생산된 제품들은 중국 내 생산 제품처럼 취급한다는 북한과 중국 간의 경제협정 체결로 중국으로의 수출 길이 활짝 열린 것이다.

더구나 신의주 특별행정구 내는 무관세 지역이었다.

중국과의 협정 이후 신의주 특별행정구에 입주하려는 회사들이 넘쳐났지만, 특별행정청은 허가를 내주지 않고 있었다.

"공장 증설을 위해서도 우리 말을 잘 따라야겠지요. 앞으로 특별행정청의 입주는 닉스홀딩스 연계된 회사들로 한정해야 합니다. 우리가 만들어내야 할 제품들도 넘쳐나니까요."

내가 공헌했던 대로 신의주 특별행정구에 입주한 회사와 그렇지 못한 회사의 차이가 뚜렷이 나고 있었다.

거대한 중국 시장 못지않게 서서히 빗장이 열리고 있는 북한 시장도 점점 커지고 있었기 때문이다.

*　　　　*　　　　*

"허 참! 정말이지, 강태수가 하는 일들을 보면 놀라움에 연속이야. 특별행정구에 입주한 공장들에서 생산되는 제품들 대다수가 중국으로 수출되고 있다잖아."

이대수 회장은 조간신문을 정용수 비서실장에게 펼쳐 보이며 말했다.

"북한이 중국과의 협정을 성공적으로 끌어낸 것 같습니다. 협정에 대한 이야기들이 흘러나왔지만, 중국이 받아들이지 않을 줄 알았습니다."

신의주 특별행정구의 생산품에 대한 북한과 중국 간의 관세협정 체결에 있어 중국은 엉뚱하게 미군 철수를 들고 나왔다.

북한 당국은 남한에 협조를 요청하는 차원에서 핵 개발 포기라는 카드를 내밀었고, 이 카드로 미군의 일부가 한반도에서 철수했다.

하지만 엄밀히 따지면 노후화된 무기와 전투병이 아닌 공병과 행정병 등 지원 병력 일부가 일본으로 철수했다.

이러한 미국의 결정에 북중간의 관세 협정이 이루어지지 않을 것이라는 전망이 나왔었고, 협정에 대한 공식적인 발표 또한 이루어지지 않았었다.

이는 중국 기업들과 중국에 진출한 기업의 반발을 무마하기 위해서였다.

"신의주 특별행정구로만 국한되었지만, 그곳에 진출한 기업들은 큰 이익을 보게 될 거야. 정말 아쉬워. 강 회장의 제의를 너무 쉽게 포기했어."

아쉬움이 가득한 이대수 회장은 신의주대교를 통해서 중국으로 넘어가는 트럭들을 찍은 사진에서 눈을 떼지 못했다.

"상하이에 진출한 저희 쪽 회사들이 본격적으로 가동되면 신의주 특별행정구와 별 차이가 없을 것입니다."

"음, 그렇게 돼야겠지. 한데 강 회장 이 친구가 하는 일들을 유심히 살펴보면 한 가지로만 끝내지 않아. 닉스홀딩스 산하 기업들을 연쇄적으로 이어지게 하여 커다란 시너지

효과를 내고 있어. 더구나 중국을 바라보는 관점도 우리와 다르지만 접근하는 방식도 달라. 강태수는 우리가 놓치고 있는 뭔가를 알고 있는 느낌이야."

"저도 강태수 회장을 높게 평가하고 있지만, 닉스홀딩스는 현재 너무 과도한 투자를 진행하고 있습니다. 현재 벌이고 있는 사업들만 해도 재계 1~2위의 그룹들도 감당할 수 없는 수준입니다. 경제 여건의 변동으로 인한 외부적인 충격이 가해지면 내실이 부족한 닉스홀딩스는 자칫 주저앉을 수도 있습니다."

"음, 그럴 수도 있겠지. 급격한 변화의 시대에 누구의 정답이 옳은지는 조만간 알게 되겠지."

닉스홀딩스 산하 기업들은 외부에서 볼 때 과도한 확장을 하는 것처럼 보였다.

정유와 화학은 물론 제철 사업까지 수조 원이 들어가는 사업을 동시다발적으로 벌이고 있었기 때문이다.

거기에 닉스E&C와 닉스호텔까지 큰 공사들을 진행하고 있었다.

상당한 이익을 내는 닉스와 블루오션, 그리고 도시락이 있어도 감당하기 힘든 자금이었다.

이러한 우려의 눈길 속에서도 닉스홀딩스 산하 기업들은 확장과 성장을 멈추지 않고 있었다.

                    *   *   *

두 달이 지났지만 가인이는 깨어나지 못했다.

뒤늦게 송 관장과 연락이 닿았고, 그는 곧장 모스크바로 향했다.

"죄송합니다. 제가 가인이를 이곳으로 부르지만 않았어도……"

"네가 저지른 일도 아니잖아. 가인이는 강한 아이야, 분명 툴툴 털고 일어날 거야. 너무 자책하지 마라."

송 관장은 예상과 달리 오히려 날 위로해 주었다.

"제가 조금만 더 신경 썼다면 이렇지는 않았을 것입니다."

"넌 최선을 다했어. 가인이는 아주 오래 산다고 우리 어머님께서 말씀하셨다. 돌아가신 어머니께서는 주역에 아주 능하셨거든. 그러니까 너무 걱정하지 말고, 태수 네가 할 일을 소홀히 하지 마라."

송 관장은 내 어깨를 다독이며 말했다. 빈말일지라도 송 관장의 말에 힘이 났다.

"그렇게 말씀해 주시니 감사합니다."

"힘내, 의사도 다른 곳은 이상이 없다고 했잖아. 난 가인이를 잘 알아, 힘든 싸움일수록 강한 힘을 내는 아이야."

고른 숨소리를 내며 누워 있는 가인이를 바라보는 송 관장은 확신에 찬 어투로 말했다.

'그래, 가인이는 누구보다 강해…….'

가인이는 지금 당장에라도 일어나 평소처럼 나에게 농담을 던질 것만 같았다.

가인이의 곁에서 병간호를 하던 예인이는 방학이 끝나자마자 학교에 휴학계를 제출했다.

예상했던 것보다도 가인이가 병상에서 깨어나지 못했기 때문이다.

내년에 졸업을 앞두고 있었던 가인이와 예인이의 졸업도 다음으로 미루어졌다.

두 사람 다 장학금을 받으며 학교에 다녔었다.

"미안, 많이 힘들지?"

예인이는 이고리의 습격 때문인지 가인이의 곁을 절대 떠나지 않았다.

"미안해하지 않아도 돼. 아빠 말처럼 누구의 탓도 아니야."

"그래도. 병간호 때문에 학교에도 가지 못했잖아."

"내가 아닌 언니라도 그랬을 거야. 오빠도 최선을 다하고 있잖아."

예인이의 말처럼 세계 유수의 뇌 질환 전문가들을 초빙하여 가인이의 상태를 살피게 했다.

내가 할 수 있는 범위에서 최선을 다하고 있었다.

"나야 너처럼 가인이 곁을 지키고 있는 것이 아니잖아. 힘들면 이야기해. 내가 할 테니까."

"아니, 힘들지 않아. 언니하고 있으면서 많은 이야기를 했어. 내 말을 알아듣는지는 모르겠지만……."

예인이는 병상에 누워 있는 가인이에게 속마음을 마음껏 털어놓았다.

그 때문인지 한동안 어두웠던 예인이의 얼굴빛도 좋아진 모습이었다.

"고마워. 예인이 네가 없었다면 가인이나 나나 지금보다 더 힘들었을 거야."

"난 오빠가 있어서 견딜 수 있는 거야. 오히려 고마워해야 할 사람은 나야."

송 관장이나 예인이나 따뜻한 사람들이었다. 두 사람 다 오히려 나를 위로해 주었다.

"그렇게 말해주니 고맙다. 난 예인이에게 늘 미안하고 고맙기만 해."

'바보, 미안한 건 나야. 내가 끼어든 거고……. 내가 좋아

한 거니까.'

예인이의 환한 미소로 답해주었다. 어느 순간부터 볼 수 없었던 그녀의 예쁜 미소였다.

*　　　*　　　*

러시아의 마피아들은 이고리의 사건 이후 코사크에게 완전히 고개를 숙였다.

러시아 전역에서 코사크의 조사에 반발했던 네 개의 조직이 사라졌다.

큰 조직은 아니었지만, 나름 그 지역에서 힘을 갖춘 조직들이 코사크 타격대에 의해서 괴멸되다시피 했다.

조직원의 수뇌부들은 대부분 죽거나 코사크가 운영하는 감옥에 수용되었다.

전국적인 조직에 속하는 말르노프, 라리오노프, 캅카스 등이 자발적으로 코사크에 협조하는 모습을 보이자 더 이상의 반발은 일어나지 않았다.

코사크의 압도적인 힘이 드러난 상황에서 이제는 코사크에게 대항하고자 하는 세력이 러시아에서 사라졌다고 말할 수 있었다.

이고리 사건이 코사크를 러시아에서 독립적인 전투 집단

으로 완전히 자리매김하게 만들었다.

러시아 국민들도 경찰보다 코사크를 더 신뢰하게 되었고, 외국계 기업들은 의무적으로 가입하는 보험처럼 코사크에게 일을 의뢰했다.

"이고리 사건 이후 코사크의 매출이 38% 이상 신장하였습니다."

룩오일NY 루슬란 비서실장의 보고였다.

마피아를 소탕하는 모습이 모스크바 방송을 타고 전국적으로 전해지자 코사크의 의뢰가 더욱 늘어났다.

압도적인 화력과 작전 수행 능력, 그리고 마피아들을 가볍게 제압하는 타격대원들의 무술 동작이 고스란히 TV 방송을 타고 흘러나가자 코사크의 인기가 크게 상승했다.

아이들은 마치 코사크 대원들을 TV 영화 속에 나오는 영웅처럼 생각하기도 했다.

"전화위복이라고 해야 하는 건가?"

"무슨 말씀이신지?"

루슬란 비서실장은 내가 하는 말을 이해하지 못했다.

"좋아졌다는 말로 해석하면 돼. 이고리를 조종한 세력은 알아냈나?"

"이고리를 도왔던 인물들에게 전달된 자금의 출처는 네덜란드 암스테르담에 있는 와버그 은행이었습니다."

이고리에게 전해진 돈의 출처는 스위스계 은행이었다.

"와버그 은행을 이용했다고?"

"예, 이 은행은 로스차일드 가문이 소유한 은행 중의 하나입니다. 돈이 전해진 계좌의 주인 또한 와버그 은행 관계자였습니다. 계좌 사용을 은폐하려고 했지만 저희가 먼저 정보를 입수했습니다."

코사크 정보센터를 맡고 있는 보리스 실장의 말이었다.

암스테르담에 진출해 있는 러시아연방안전국(FSB) 요원의 도움을 받았다.

'로스차일드……'

"확실한 건가?"

"예, 소빈뱅크를 통해서 계좌번호를 확인했습니다."

소빈뱅크와 네덜란드의 와버그 은행은 협력관계를 맺고 있었다.

"설마 로스차일드가 이번 테러를 주동했다고 보는 건가?"

"아직은 그런 증거가 나오지 않았습니다. 이고리를 심문할 수 없는 상황이라 그에 대한 증거 추적이 쉽지 않습니다. 이고리와 접촉했던 관련자들이 알고 있는 정보도 극히 제한적이었습니다. 아마도 꼬리 자르기를 확실히 한 것 같습니다."

"와버그 은행 관계자는 고객의 부탁으로 계좌를 개설한 것뿐이었다는 말을 했다고 합니다."

코사크 정보센터의 부실장인 쿠즈민이 보리스의 말에 추가로 답했다. 이번 일을 맡고 있는 쿠즈민은 유럽과 아프리카를 담당하고 있었다.

"음, 여러 가지 정황으로 보았을 때 샤샤가 아닌 나를 노린 것이 확실해. 내가 사라지면 가장 큰 이익을 얻게 되는 집단이겠지."

코사크 정보센터는 이번 테러를 두 가지 선상에 놓고 조사에 임했다.

이탈리아 마피아와 싸우고 있는 루불랑의 주인인 샤샤와 나를 제거하기 위한 테러로 말이다.

하지만 여러 가지 드러난 증거와 정황상 샤샤는 아니었다. 이고리는 샤샤를 알고 있었고 그날 샤샤 또한 루불랑을 방문하기로 했었다.

그러나 이고리가 가인이를 다시 죽이려고 움직였던 것이 날 노린 결정적인 증거로 작용했다.

지금까지 러시아의 모스크바를 시작으로 모로코와 DR콩고, 그리고 체첸공화국에서 미지의 세력은 날 제거하려는 일에 연속해서 실패했다.

"회장님을 노렸다면 말로노프의 샤샤를 비롯한 러시아

마피아 조직과 정치인들은 물론 경쟁 관계에 있는 기업과 관계자들이 포함될 수 있습니다. 광범위한 관계를 줄이고는 있지만, 정황만으로는 속단하기 힘든 상황입니다."

"내가 말한 미국의 제임스는 조사해 봤나?"

"공식적으로는 모스크바에서 사망한 것으로 나오고 있습니다. 하지만 이례적으로 시체를 모스크바에서 화장해서 미국으로 가져갔다고 합니다. 이후 뉴욕에서 제임스로 추정되는 인물이 포착되었지만, 그 후로는 모습을 보이지 않고 있습니다."

이미 제임스는 체첸공화국에서 사망했지만, 코사크 정보 센터에는 포착되지 않았다.

"음, 내 느낌에는 제임스이가 이번 사건에 열쇠를 쥐고 있다는 생각이 들어. 놈은 자신을 지휘하는 인물이 미국의 정보부를 좌지우지한다고 했으니까. 계속해서 알아봐."

항상 제임스의 뒷배경이 궁금했었다.

그는 푸틴을 옐친에게 소개하라는 요구의 대가로 러시아의 석유 회사를 인수할 수 있는 자금을 주겠다고 제의했다.

그의 제의를 거절하자 또 다른 제의를 했고, 그로 인해 나는 모로코로 향했었다.

그 일도 나를 제거하기 위한 덫이라는 것을 요즘 들어 알게 되었다.

"예, 계속 추적하겠습니다."

보리스 실장과 쿠즈민 부실장이 자리에서 일어나려는 순간 머릿속에 떠오른 생각이 있었다.

"로스차일드가를 한번 알아봐."

"로스차일드를 말입니까?"

보리스 실장이 되물었다.

"그래, 로스차일드의 핵심 인물과 그들에게 협력하는 세력들을 말이야."

로스차일드는 최대 다이아몬드 카르텔인 드비어스의 최대주주였다. 또한 세계 최대 석유 회사 중 하나인 로열더치셸의 주인이기도 했다.

드비어스의 오펜하이머 회장은 알로사와의 새로운 계약을 체결할 때에 나에게 농담 섞인 말을 던졌었다.

'동쪽 황제의 심기를 더는 건들지 말라고.'

그때는 그 말이 무엇을 말하는지 몰랐다.

하지만 드비어스의 다이아몬드 지배력에 금이 가는 일을 만든 나에 대한 경고였다.

지금에서야 동쪽 황제가 누구를 지칭하는지를 어렴풋이 알게 되었다.

"알겠습니다."

이제는 코사크의 힘이 확고해졌다. 그리고 러시아연방안

전국(FSB)이 완전히 내 손에 들어온 상태였다.

충분히 그들의 위협에 대비할 수 있는 준비가 된 것이다.

*　　　*　　　*

그리스 산토리니의 매혹적인 풍광과 달리 그 모습을 바라보고 있는 한 인물의 표정은 밝지 않았다.

"이탈리아의 카모라가 알바니아와 마케도니아의 거점을 모두 상실했습니다. 바티칸의 니그룸 카르디날리스(검은 추기경)께서 우려의 목소리를 보내왔습니다."

사내의 심기를 아는지 백색의 머리카락을 가지고 있는 인물이 조심스럽게 말을 전했다.

이탈리아 마피아와 바티칸은 알게 모르게 연결되어 있었다.

"후후! 검은 추기경이 안달이 날 만하겠군. 카모라가 말르노프의 보스를 제거하지 못한 건가?"

검은 추기경은 바티칸의 그림자를 맡고 있는 니그로르 미니스테르(검은 사제)들을 이끄는 수장이었다.

검은 사제는 빛이 아닌 어둠을 관장하기 위해서 만들어진 바티칸의 비밀 조직이었다.

"예, 정보에 따르면 코사크가 방해를 했다고 합니다."

"하하하! 정말이지 놀라운 놈이야. 어떻게 단시간 내에 불곰을 길들여 재주를 부릴 수 있게 만들었는지 말이야. 우리의 조상들은 항상 위험한 불곰을 제거하려고 했었지. 그래서 촌뜨기인 나폴레옹 보나파르트를 밀어주었고, 손해를 감수하고서도 미치광이인 히틀러까지 지원했었다. 하지만 끝내 러시아의 불곰을 손에 넣을 수 없었어."

멋진 산토리의 풍광과 어울리는 금발의 사내는 데이비드 로스차일드 II였다.

그는 로스차일드 가문의 다섯 개 지부를 이끄는 4대 수장이었다.

"웨스트 킹덤의 마스터가 진행한 일도 실패했습니다."

"정말 경이롭다고 말해야겠지. 동쪽의 황제와 서쪽의 왕이 움직였는데도 놈을 처리하지 못했으니 말이야."

"차라리 표도르 강을 인정하고 우리 쪽으로 끌어들이는 것이 어떻겠습니까?"

"러시아는 우리에게 상속된 곳이야. 그걸 엉뚱한 놈에게 내줄 수는 없어. 카모라가 요구한 어셈블레어를 개최하도록 해. 우선은 놈의 손발이 되는 것들을 끊어버릴 수 있게 말이야. 그리고 검은 추기경에게 니그로르를 움직이도록 부탁해."

"대가는 무엇으로 지급할까요?"

"알바니아와 마케도니아에서 잃어버린 이익으로 처리하지."

"알겠습니다."

"조만간 두 왕국이 준비한 선물이 아시아를 덮칠 것이다. 놈의 뿌리가 되는 한국도 감당할 수 없을 정도로 흔들리게 되겠지."

"러시아도 말입니까?"

"물론이지. 앞으로의 세상은 단지 두 왕국 아래 놓일 뿐이야. 수 세기 동안 세계를 지배했던 제국들도 우리에게 무릎을 꿇었으니까 말이야."

석양이 지는 산토리 앞바다를 바라보는 데이비드 로스차일드 II의 입에서 놀라운 말이 흘러나왔다.

Chapter 10

　가인이의 병간호를 위해 송 관장과 예인이는 모스크바에
계속 머물기로 했다.

　두 사람 덕분에 나는 사업에 집중할 수 있었다.

　남북한과 러시아에 있어서 중요한 시기인 만큼 진행되는
사업들을 챙겨야만 했다.

　신의주항의 확장 공사가 순조롭게 이루어졌다.

　작년 신의주항의 준설 작업과 항만 공사가 끝나고 난 후
확장 공사가 곧바로 이어졌다.

　확장의 필요성이 제기된 것은 덩치가 큰 유조선을 원활

하게 대기 위해서였다.

러시아의 동시베리아 파이프라인과 연결된 중국의 동북부 파이프라인이 신의주 특별행정구의 닉스정유에 내년 6월이면 직접 연결될 것이다.

그리되면 시험 가동 후 본격적인 제품을 생산하게 될 것이다.

신의주항의 확대는 닉스정유와 화학에서 생산된 제품들을 남한이나 중국 연안 지역으로 수송하기 위한 것이기도 했다.

공장이 완공되기도 전에 중국은 물론 동남아에서도 제품에 대한 문의가 들어오고 있었다.

이는 낮은 생산원가에 따른 저렴한 판매 가격이 요인이었다.

한편으로 기차를 통한 수송도 이루어진다.

경의선 철도 복원 공사 또한 내년 하반기에 끝이 난다.

신의주 특별행정구에서 생산되는 제품들을 국내외로 수송할 준비가 하나둘 끝나가고 있었다.

이미 정비된 도로를 통해 신의주 특별행정구에서 생산된 제품들이 판문점을 지나 남쪽으로 수송되고 있었다.

"닉스 제품들의 인기가 유럽에서도 서서히 붐이 일고 있습니다. 특히나 영국과 프랑스 젊은이들 사이에서 큰 인기를 얻고 있습니다."

유럽 지역을 담당하는 해외영업부 정의상 부장의 보고였다.

미국 법인 대표를 맡고 있는 김석중 본부장의 소개로 닉스에 입사한 인물이다.

김석중 본부장과 함께 근무했던 인물로 이전 직장인 코오롱상사의 신발을 유럽에 진출시킨 장본인이다.

하지만 지원이 지속해서 이루어지지 않아 시장 개척이 중도에 중단되었었다.

"록스타를 공략한 것이 주요했나 보네요?"

"예, 회장님께서 말씀해 주신 대로 유럽의 대표적인 록밴드들을 섭외해서 홍보하고 있습니다."

닉스의 홍보부를 맡고 있는 김영무 이사의 보고였다.

닉스를 세계적인 브랜드로 키우기 위해 홍보팀을 더욱 확대 개편했다.

한국의 서태지와 아이들을 통해서 닉스와 블루오션 제품들의 매출이 크게 신장하였다.

이를 바탕으로 유럽 공략을 위해서 영국의 라디오헤드, 오아시스, 블러, 스웨이드, 딥 퍼플, 롤링 스톤즈, 아일랜드의 U2, 독일의 스콜피언스 등 서서히 인지도 붙기 시작한 록그룹과 이미 거장의 반열에 오른 그룹들과도 계약을 맺었다.

해당 그룹들이 공연을 할 때엔 닉스의 신발을 신거나 공연장에 닉스의 로고가 부착되었다.

그리고 아직 데뷔도 하지 않은 스파이스 걸스, 콜드플레이 등 앞으로 등장할 그룹과 가수들을 지원하고 계약했다.

그들이 평상시에 입고 다니는 옷과 신고 다니는 신발을 닉스에서 제공했다.

"유럽의 공략은 굳이 TV CF로 하지 않아도 됩니다. 입소문과 자신들이 좋아하는 스타가 신는 신발이 닉스라는 것을 알려주기만 하면 됩니다. 맨체스터 유나이티드와 접촉을 하고 있습니까?"

이미 미국의 농구 스타 마이클 조던의 농구 경기가 유럽의 여러 나라에 방영되고 있었다.

그를 비롯한 시카고 불스 선수들 대다수가 닉스신발을 신고 경기에 임하는 장면들을 자주 접할 수 있었다.

또한 파파라치들에 의해 찍히는 스타들의 사진 속 옷과 신발들에 대한 대중의 관심이 높은 곳이 유럽이었다.

"예, 조용히 지분을 인수하고 있습니다. 한데 제가 볼 때는 이탈리아 리그가 더 낫지 않겠습니까? 선수들도 그렇고 유럽에서 인기도 최고인데요."

80년대에는 차범근 선수가 뛰었던 분데스리가가 최고라

면 1990년대 당시 최고의 유럽 리그는 이탈리아였다.

90년대 초반만 해도 잘나가는 선수는 모두 이탈리아 리그(세리에 A)에 진출하려고 했다. 이탈리아 리그는 돈이 제일 많았고, 실력과 인기 면에서도 최고였다.

영국의 프로 축구는 1992년에 여러 제도를 재정비해 프리미어 리그라는 이름으로 새롭게 출범했다.

현재 영국의 선수들도 프리미어 리그보다 돈과 명예가 있는 이탈리아 리그에 진출하길 원했다.

"지금은 그럴지 몰라도 앞으로는 영국의 프리미어 리그와 스페인의 프리메라리가가 유럽 리그를 주도할 것입니다."

"왜 그렇게 되는지를 여쭈어봐도 되겠습니까?"

"영국의 새로운 변화와 활력을 위해서 스포츠 산업을 비롯한 문화 예술과 정보 산업의 혁신이 추진될 것입니다. 그중 축구 산업은 최고의 혁신 산업으로 영국을 이끌어갈 수 있는 대표적인 사업 아이템이라고 할 수 있습니다. 이를 위해서 영국 정부는 축구 산업 전반에 대한⋯⋯."

미래의 일이었지만 영국은 1997년 보수당의 18년 장기 집권이 막을 내린다.

마거릿 대처에서 존 메이저 총리로 이어지는 보수당의 집권은 강한 영국을 회생하는 데 일정하게 이바지했으나 활기차고 역동적인 젊은 영국을 이끌기에는 역부족이었다.

1997년 집권한 토니 블레어 총리는 새로운 노동당, 새로운 영국을 강조하며 쿨 브리타니아를 구호로 내걸었다.

젊고 참신하고 역동적이며 독창적인 영국을 만들자는 구호였다.

대표적으로 패션의 알렉산더 맥퀸, 미술의 데미언 허스트, 그리고 축구의 데이비드 베컴은 이 쿨 브리타니아의 아이콘이 되었고, 스파이스 걸스(Spice Girls)는 물론 오아시스(Oasis), 블러(Blur), 스웨이드(Suede), 슈퍼글래스(Supergrass), 펄프(Pulp), 버브(The Verve), 엘라스티카(Elastica) 등 다양한 그룹들이 이른바 영국 팝 운동을 이끌었다.

이들을 통해서 영국은 새롭고 역동적인 대중문화의 르네상스를 끌어냈다.

닉스는 이미 패션 디자이너인 알렉산더 맥퀸을 휘하에 두고 있었고, 내년 초까지 버버리를 인수할 예정이다.

유럽과 전 세계에 큰 영향력을 끼친 쿨 브리타니아를 닉스가 이용하려는 전략이었다.

"허! 정말 그렇게만 된다면 유럽은 물론 아시아 시장에도 닉스의 영향력이 막강해질 것입니다."

김영무 이사는 내 설명에 놀란 표정으로 말했다.

쿨 브리타니아는 아직 일어난 일은 아니었지만, 작년 말부터 시작한 유럽 공략의 효과는 올해 중순부터 나타나기 시작했다.

닉스홀딩스 산하 기업의 실무진을 이끄는 임원들은 나를 존경하면서도 두려워하는 모습을 보일 때가 있었다.

그들의 상식선에서는 이해할 수 없는 폭넓은 지식과 정보, 그리고 미래를 내다보는 식견 때문이다.

자신의 분야에서 오랜 경험과 지식을 가진 인물들도 나와의 대화를 통해서 부족함을 느꼈다.

"음, 해가 갈수록 기억이 더욱 또렷해져 가는 것 같아……."

과거로 오기 전 단 한 번 보았던 신문기사들은 물론이고 지금까지 읽었던 책들의 내용이 고스란히 떠올랐다.

더구나 그 기억 속에 있는 지식은 확장하듯이 범위가 넓어지고 본질을 꿰뚫어 보았다.

"후후! 이대로 가다가는 이 세상 누구보다도 똑똑해질 것 같은데. 이게 좋은 일인 건지……."

알고 있는 것을 모른 척하는 것도 점점 힘들어졌다.

업무를 진행하고 담당하는 직원들의 보고를 들을 때마다 그들의 한계가 눈에 들어왔고 단숨에 문제점을 파악했다.

하지만 보고를 받기도 전에 문제점을 곧바로 지적하거나

지시를 내릴 수도 없었다.

그것은 직원들의 사기와도 관련된 문제였기 때문이다.

어떨 때는 내가 하는 말을 이해하지 못할 때도 적지 않았다.

복합적인 정보와 광범위한 지식을 바탕으로 판단을 내릴 때는 왜 그런지를 설명하기가 난해할 때도 있었다.

아직 이 시대에 나오지 않은 학문과 지식에 바탕을 두었기 때문이다.

점점 확대되는 확장적 사고는 모든 지식과 정보를 머릿속으로 빨아들이고 분석했다.

마치 양자 컴퓨터가 머릿속에 들어 있는 것처럼 말이다.

그때였다.

책상에 놓인 전화기의 벨이 울렸다.

수화기를 들자 여비서의 음성이 들려왔다.

─미국의 루이스 정 이사님의 전화입니다.

"여보세요?"

─아직 주무시고 계시지는 않으셨지요?

"물론입니다. 무슨 일이 있습니까?"

─좋은 소식을 전해 드리려고 늦게 전화를 드렸습니다. ESPN의 인수를 확정 지었습니다. 가격은 17억 3천만 달러입니다.

루이스 정의 말처럼 기분 좋은 소식이었다.

북미 최대 스포츠 채널이 ESPN(Entertainment and Sports Programming Network)이다.

프로 야구, 프로 농구, 아이스하키, 프로 축구, 아메리카 풋볼 등 북미 지역에서 행해지는 프로 스포츠를 전 세계에 중계하는 스포츠 채널이라고 할 수 있었다.

"예상했던 금액보다 2억 7천만 달러가 줄어들었네요?"

―호호! 그게 저희 팀의 능력이죠. 보너스와 이전에 말한 휴가를 넉넉히 주셔야만 해요."

"하하하! 물론입니다. 적어도 1개월은 찾지 않겠습니다."

―고작 1개월이에요?

"앞으로 인수해야 할 회사들과 영입해야 할 인물들이 한둘이 아니잖습니까? 정 이사님보다 일을 잘하는 인물이 회사에는 없기 때문입니다."

―후! 그건 어쩔 수 없는 일이네요. 일을 잘하는 것도 이럴 때는 손해네요.

"하하! 대신 보너스는 넉넉하게 드리겠습니다."

―알겠어요. 대금 지급은 일시금으로 하는 조건으로 가격을 조정했으니까, 11월 20일까지는 17억 3천만 달러를 디즈니에 주어야만 합니다.

"예, 소빈뱅크 뉴욕 지점에 연락을 해두겠습니다. 휴가는 어디로 가실 예정이십니까?"

─말씀드릴 수 없어요. 절대로 절 찾을 수 없는 곳으로 갈 것이니까요. 정말 이번에는 모든 걸 잊고 지낼 것이에요.

루이스 정의 목소리에서 피곤함이 묻어 나왔다.

디즈니와의 지루하고 지겨운 협상 끝에 얻어낸 결과였다.

협상 중간에 일본의 파나소닉이 끼어들어 협상이 틀어질 뻔했었다.

하지만 막강한 자금력을 바탕으로 한 일본 기업들의 미국 회사 인수, 무분별한 부동산 투자에 대한 우려의 목소리와 여론 악화를 이용하여 위기를 넘겼다.

거기에 루이스 정의 협상 능력과 17억 3천만 달러를 디즈니가 원하는 날짜에 바로 지급하겠다는 것이 결정적으로 작용했다.

"예, 그러면 꼭 살아서만 돌아오십시오."

─호호호! 알겠어요. 그럼, 쉬세요.

루이스 정이 정말 큰일을 해냈다.

ESPN을 손에 넣은 것은 DC코믹스와 마블코믹스의 인수와 마찬가지로 미국 문화를 이끌어갈 수 있는 토대를 마련한 것이다.

미국인에게 있어 스포츠는 하나의 삶이자 낙이었다.

ESPN을 통해 닉스홀딩스 산하 기업들의 제품들을 자연스럽게 미국 국민들에게 전달할 수 있는 기회의 장이 활짝 열린 것이다.

"닉스와 닉스커피부터 시작해야겠지."

이미 DC코믹스와 마블코믹스의 만화에는 닉스 제품을 신거나 입고 있는 주인공과 주변 인물들이 등장하고 있었다.

또한 거리의 상점들과 건물들에도 소빈뱅크와 닉스, 닉스커피의 간판이 표기되었다.

눈에는 잘 드러나 보이지 않는 광고 효과였지만 미국인에게 아주 친숙하게 다가갈 수 있는 간접 광고였다.

자신도 모르게 자주 접하는 상표들과 광고는 거부감을 전혀 주지 않았다.

*　　　*　　　*

룩오일NY와 닉스홀딩스 모두 크게 성장하는 한 해였다.

룩오일NY는 명실상부 러시아 제일의 기업으로 우뚝 섰고, 닉스홀딩스는 핵심 기업들의 성장과 함께 계열사가 많이 늘어났다.

한편으로 미국 닉스 법인의 성장도 두드러졌다.

닉스 법인 밑으로 DC코믹스와 마블코믹스를 비롯한 ESPN이 계열사로 추가되었다.

닉스 미국 법인의 지분은 닉스홀딩스가 50%를, 소빈뱅크가 15%를, 닉스가 15%를, 나머지 20%를 내가 소유하고 있었다.

닉스커피의 성장세도 눈에 띄었다.

미국의 스타벅스와의 경쟁에서 점점 더 우위에 올라서고 있었다.

하반기에 닉스커피는 지명도와 만족도, 그리고 서비스 항목에서 스타벅스를 누르고 올해 처음으로 커피 분야에서 1위로 올라섰다.

미국과 캐나다 지역 특색에 맞게 매장의 인테리어를 꾸미고, 일하는 직원들을 충분히 교육한 후에야 매장 문을 열었다.

자체적인 교육 시스템을 갖춘 닉스커피는 소비자에게 만족스러운 맛과 서비스를 제공할 수 있었다.

이는 매장 내에서 일하는 직원들 모두가 동일한 커피 맛을 제공한다는 말이었다.

커피를 좋아하는 사람이라면 그 중요성을 알 수 있게 만드는 요인이었다.

닉스커피는 뉴욕에만 일곱 개의 매장으로 늘어났다.

일곱 개의 매장으로 확대되었지만 길게 늘어서는 줄은 여전했다.

매장의 확대와 직원들의 숫자도 다른 커피 전문점보다 많은 상황이었지만 닉스커피 맛에 빠져든 사람들의 발길은 더욱 늘어난 결과였다.

고무적인 일은 닉스커피를 유치하기 위해서 뉴욕의 건물 주들이 닉스커피에 자신의 건물을 홍보하기까지 한다는 것 이었다.

물론 임대료도 저렴하게 책정해서 말이다.

이런 현상은 닉스커피가 입점한 건물마다 값어치가 상승 하고 다른 상점들의 매출에도 영향을 주었기 때문이다.

닉스커피는 뉴욕에 세 개의 소형 건물과 창고를 사들여 서 운영 중이었고 나머지는 임대해 운영했다.

현재도 2개의 매장이 오픈 준비 중이었다.

아이러니한 것은 스타벅스가 들어왔다가 폐점한 건물에 다시금 닉스커피가 들어가고 있다는 것이었다.

닉스커피의 등장으로 역사와 다르게 스타벅스의 성장세 가 꺾이고 있었다.

미국 뉴욕을 방문한 이유도 닉스커피와 닉스 현지 법인

의 상황을 파악하기 위해서였다.

"하하하! 대표이사에 오르신 걸 축하합니다."

닉스커피의 고영환 대표를 보자마자 축하의 인사를 건넸다.

고영환 대표는 한사코 대표 자리를 원하지 않았었다. 하지만 내가 더는 닉스커피를 직접 챙길 수 없게 되자 마지못해 대표 자리를 수락했다.

"후! 회장님께서 시간을 내실 수 없으니 어쩔 수 없지요. 열심히 하겠습니다."

내 말에 고영환 대표는 한숨을 쉬며 말했다. 그는 회사 대표 자리가 자신을 옭아매는 동아줄이라고 여겼다.

고영환 대표가 원하는 것은 세계 여러 나라의 커피 농장과 커피 공장을 오가며 새로운 커피 개발에 힘쓰는 것이었다.

"지금처럼만 하시면 됩니다. 좀이 쑤시면 커피 농장도 자주 가십시오."

"예, 신경 써주셔서 감사합니다. 회장님 말씀처럼 빨리 후배를 키워서 자리를 물려주어야지요. 지금도 그렇지만 저는 사무실 체질이 아닙니다."

"예, 빨리 인재를 키우십시오. 확실하게 닉스커피를 이끌어갈 수 있는 인물들로요. 고 대표님이 추천하는 사람이라면 두말하지 않고 대표 자리에 앉히겠습니다."

고영환 대표를 설득할 수 있었던 것도 그가 지금까지 해오던 일들을 후배들과 부하 직원에게 물려주어야만 또 다른 고영환이 나올 수 있다는 것을 주지했기 때문이다.

"하하하! 정말이지 회장님을 당할 수가 없습니다. 새롭게 준비 중인 매장으로 우선 가시지요."

내 말에 고영환 대표는 싫지 않은 표정을 지으며 날 안내했다.

*   *   *

"표도르 강이 뉴욕에 도착했습니다."

피터가 기다리던 소식이었다.

체첸공화국과 DR콩고에서 표도르 강을 죽이는 데 실패했다.

그 대가로 자신의 상관인 제임스를 체첸공화국에서 직접 죽여야만 했다.

피터 자신도 DR콩고의 실패를 책임질 뻔했지만, 앙골라의 변수가 인정되어 한 번의 기회를 더 부여받았다.

"한국과 러시아에서는 힘들었지만, 미국에서는 상황이 달라지지. 놈의 묵는 숙소와 동선을 완전히 파악해. 이번에도 실패하면 우리 팀은 조직에서 완전히 사라진다."

피터의 말에 방 안에 있던 여덟 명의 인물들의 표정이 달라졌다.

실패는 곧 죽음이라는 의미였다.

피터를 제외한 일곱 명의 인물들이 부리나케 밖으로 향했다.

혼자 남은 피터는 탁자에 놓인 수화기를 들었다.

ㅡ지금 보내는 사진은 일백만 달러짜리 목표물이다. 3일 내로 처리하면 이십만 달러를 보너스로 더 지급한다.

수화기를 끊자마자 피터는 어디론가 강태수의 사진을 전송했다.

"이번에는 절대로 벗어날 수 없을 것이다."

피터는 자신 있었다.

경호원을 대동하겠지만, 러시아처럼 한 지역을 봉쇄할 정도의 경호원을 동원할 수 없었다.

더구나 미국은 자격만 있으면 손쉽게 총을 구할 수 있는 곳이다.

그 때문에 러시아 못지않게 정치인은 물론 CEO나 배우 등, 유명인들의 총기 사고로 인한 죽음이 적지 않았다.

언제든지 총기 사고로 죽을 수 있는 미국이었다.

*   *   *

뉴욕의 소호(soho) 거리에 건물을 매입하여 새로운 스타일의 닉스매장을 오픈하기 위해 준비 중이었다.

이미 소호 거리에 뉴욕 1호점을 개점한 닉스커피는 이곳에 명물로 자리를 잡았다.

닉스매장과 함께 붙어 있는 닉스커피에는 늘 사람들로 넘쳐났다.

소호 거리에는 19세기 후반에 지어진 캐스트 아이언(주철) 건축물들이 많아 역사 보존지구로 지정되어 보존되고 있다.

이번 닉스커피가 매입한 건물 또한 1910년에 지어진 7층 건물로 닉스커피와 함께 닉스에 속해 있는 마크 제이콥스 매장과 디자인실이 입주할 예정이다.

닉스커피는 물론이고 닉스 또한 소호 거리에 새롭게 건물을 매입해 매장을 꾸몄다.

패션 거리로 유명한 소호는 멋스러운 레스토랑과 개성 넘치는 카페들도 많았다.

방탄 리무진과 네 대의 벤츠가 소호 거리에 나타났다.

벤츠에서 내린 멋진 건장한 체격의 인물들은 일사불란하게 자리를 잡으며 주변을 살폈다.

그 모습이 지나가는 사람들을 뒤돌아보게 만들었다.

다들 멋진 슈트를 차려입은 모습이었지만 슈트 안쪽과 뒤쪽 벨트에 권총과 함께 FN P90 소형기관단총을 지니고 있었다.

FN P90 소형기관단총은 100m 내외의 근접 교전을 원칙으로 하며, 불펍 방식으로 총열을 최대한 단축해 극단적으로 콤팩트한 모양으로 설계되었다.

한 손으로도 쏠 수 있는 FN P90은 크기와 무게가 기존 돌격 소총의 절반 수준으로 대폭 줄어들어서 편리하게 휴대할 수 있었지만, 화력은 충분히 강력했다.

특히 50발이나 장탄되는 인상적인 막대 탄창은 급박한 교전 시에 상당한 위력을 발휘한다.

나를 경호하는 코사크 경호팀의 근접 무기였다.

"음, 경호원은 18~20명으로 봐야겠군."

100m 정도 떨어진 반대편 건물에서 표도르 강의 움직임을 살피는 두 명의 인물이 있었다.

"결코 적은 숫자가 아니야. 저런 식으로 경호하면 저격을 하기에도 힘들겠어."

망원경에서 눈을 뗀 인물이 답하며 말했다.

경호원들은 망원경에 들어온 표도르 강을 철저하게 보호하며 움직였다.

두 사람 다 피터와 함께 사무실에서 있던 인물들이었다.

"오늘은 운이 좋아 놈의 움직임을 파악했지만, 놈의 일정을 모르는 상태에서는 준비를 갖출 수가 없잖아."

콧수염을 멋지게 기른 인물이 답했다.

그의 옆에 있는 인물은 비쩍 마른 체형에 눈 밑으로 이어진 긴 상처가 눈에 들어왔다.

두 사람 다 미국 특수부대 출신으로 이라크에 파병되어 전투를 벌였다.

"정보팀이 어떻게든 놈의 동선을 알아오겠지. 경호하는 놈들의 움직임이 예사롭지 않아."

"저놈들도 우리처럼 산전수전 다 겪은 놈들이잖아."

"하긴 그렇겠지. 이곳 뉴욕에서 미국과 러시아의 작은 전쟁이 벌어지겠군."

"후후! 놈을 잡으면 보너스로 4백만 달러가 주어지잖아."

"그 돈이면 목숨을 걸 만하지."

"자, 본부에 연락하고 필요한 준비를 하러 가자고."

두 사람은 표도르 강이 건물 안으로 들어가자 자리에서 일어났다.

"2층까지만 닉스커피가 사용하고 3층부터는 디자인실로 사용될 예정입니다. 닉스처럼 마크 제이콥스 매장과 닉스커피 매장이 서로 연결될 것입니다. 이곳을 통해서……."

이번에는 닉스가 아닌 마크 제이콥스와의 컬래버레이션 매장이었다.

그와 걸맞은 인테리어 작업이 이루어지고 있었다.

새로운 것을 만들고 재창조하기 위해서는 파괴해야 한다는 해체주의적인 디자인 철학을 가진 마크 제이콥스는 뉴욕의 패션을 주도하기 위한 작업에 몰두하고 있었다.

특히 이번 겨울 시즌과 내년 봄 시즌에 발표한 패션 라인은 DC코믹스와 마블코믹스 영웅들과 악당들을 캐리커처한 패션 작품을 선보여 많은 사람들의 호평을 끌어냈다.

공사가 진행 중인 건물 내부를 살펴본 후 다시금 1층 매장으로 내려왔다.

"음, 나쁘지 않군요. 컬래버레이션은 뉴욕 매장만 국한되는 것입니까?"

"아닙니다. 각 지역의 특색에 맞추어서 뉴올리언스에는 재즈 공연이 이루어지는 매장도 있습니다. 판매와 연결되지 않은 컬래버레이션 매장은 닉스커피를 홍보하기 위한 목적으로 이용하고 있습니다."

닉스커피 뉴욕 총괄 매니저인 줄리아는 독특하게도 뉴욕 디자인 예술대학인 파슨스 출신이다.

직원들에 대한 혜택이 남다른 닉스커피는 다양성이 풍부

하고 개성 넘치는 직원들이 입사했다.

그들은 다른 회사가 생각하지도 못한 다양한 시도를 하고 있었다.

"좋습니다. 이대로 쭉 달려 나갑시다."

소호 거리와 월가에 새로 사리 잡은 매장까지 방문한 후에 호텔로 돌아왔다.

내일은 소빈뱅크 뉴욕 지점을 방문한 후에 마블코믹스와 DC코믹스를 찾을 예정이다.

*   *   *

웨스트 30번가에 위치한 한 건물의 사무실에는 소빈뱅크 뉴욕 지점이 입주한 건물의 설계도와 사진들이 걸려 있었다.

소빈뱅크는 돌진하는 황소가 한눈에 들어오는 월스트리트에 자리를 잡고 있었다.

"표도르 강이 내일 소빈뱅크를 방문한다고 합니다."

갈색 뿔테 안경을 쓴 인물이 피터를 향해 말했다.

"음, 우리의 예측이 맞았군."

"문제는 이곳의 경비가 만만치가 않습니다."

월스트리트는 미국 금융의 상징이자 증권거래소를 비롯

한 BBVA, JP모건, 골드만삭스, 바클레이즈, 스코틀랜드 왕립 은행, 모건 스탠리, HSBC 등 세계적인 금융기관들이 몰려 있는 경제의 심장부다.

건물마다 자체적인 경비 인력들을 갖추고 있었고, 경찰들도 수시로 순찰을 하는 곳이었다.

"경찰의 출동은 늦출 수 있다. 문제는 우리가 표도르 강의 경호원을 뚫고 놈을 잡을 수 있느냐다."

"팀을 보강해야 합니다. 적어도 열 명은 더 필요합니다."

"음, 열 명 정도의 힘을 발휘할 수 있는 놈들이 필요하다면 구해야겠지."

피터는 수화기를 들었다.

"추가 보너스를 받을 기회가 왔다. 추가로 2백만 달러를 지급하지."

―조건은?

"내일 소빈뱅크를 공격해 주면 된다."

―퇴로는?

"퇴로는 우리가 열어준다. 30분 정도만 소란을 피우면 된다. 능력이 된다면 은행 돈을 털어도 되고."

―위험도가 크군. 3백만 달러로 하지.

"좋아. 시간은 낼 아침에 알려주겠다. 정확한 시간에 소동을 벌여야만 3백만 달러가 모두 지급될 것이다."

―물론이지, 장사를 한두 번 해보나.

딸각!

수화기 너머로 들려온 목소리는 그것이 전부였다.

"이목을 끌 놈들은 수배되었다. 자, 이제 놈을 제거할 작전을 세워보자."

피터는 월스트리트의 상세 지도를 가리키며 말했다.

Chapter 11

　뉴욕의 월스트리트에 진출한 소빈뱅크는 현지 금융기관들의 관심을 받고 있었다.

　소로스 펀드 매니지먼트와 함께 일본 엔화를 공략하여 큰돈을 벌었다는 소문이 돌았기 때문이다.

　이미 소빈뱅크는 녹아웃 옵션을 통해서도 막대한 자금을 손에 넣었지만 그러한 관심에 대해 일절 무대응으로 일관했다.

　미국 기업들이 러시아에 대한 투자와 거래에 있어 소빈뱅크를 통하는 것이 가장 안전하고 합리적이라는 것을 알게 된 이후부터 소빈뱅크의 이익은 가파르게 상승했다.

막대한 외환 거래와 자금들이 오고 갔고 그에 따른 수수료 수입이 상당했다.

소빈뱅크의 미국 내 투자와 대출도 활발하게 이루어지고 있었다.

특히나 닉스 미국 법인과 함께 설립한 실리콘밸리에 있는 첨단 기업과 정보 통신 기업에 대한 투자를 활발하게 진행 중이었다.

현재 1994년 시애틀에 설립된 아마존에 2백만 달러의 투자가 상반기에 이루어졌고, 내년까지 천만 달러를 더 투자할 예정이다.

그에 따른 아마존 지분을 42% 확보했다.

1997년 5월 15일 나스닥에 주식공개상장(IPO) 때까지 60%의 지분을 확보할 계획이다.

이미 제프 베조스가 설립한 아마존을 닉스 미국 법인인 닉스아메리카 아래로 둘 계획을 차근차근 진행 중이었다.

"소빈뱅크를 방문 후, 4시에 닉스아메리카와 회의가 잡혀 있습니다."

닉스홀딩스 비서실의 이재훈 과장의 말이었다.

닉스홀딩스는 해외 방문 시 룩오일NY의 비서실과 연계하여 움직였다.

두 곳의 비서실은 나의 움직임과 위치를 항시 파악하고 그에 따른 일정을 조정했다.

"저녁때 특별한 일이 없으면 브로드웨이에서 공연을 볼 수 있게 조정 좀 하시죠."

"예, 알겠습니다. 특별히 원하시는 공연이 있으십니까?"

"뮤지컬이면 다 좋습니다."

"예, 준비하겠습니다."

이재훈 과장이 일정 보고를 마치자 나는 이른 점심을 먹기 위해 식당으로 향했다.

현재 묵고 있는 프라자호텔은 센트럴파크가 한눈에 들어오는 곳이었다.

멋진 풍경을 보며 식사를 하기 위해 최상층에 있는 레스토랑으로 향했다.

이곳은 닉스호텔과 연계된 호텔이었다.

닉스호텔에서 연락을 취해 나에 대한 서비스에 최선을 다해달라고 부탁했다.

"멋진 풍경입니다. 삭막한 빌딩 숲에 이렇게 큰 숲이 존재한다는 것이 말입니다."

식사를 함께하는 김만철이 센트럴파크를 바라보며 말했다. 프라자 호텔의 바로 밑에는 큰 연못과 함께 센트럴파크 동물원이 자리를 잡고 있었다.

"이곳이 없었다면 오늘날의 뉴욕은 없었을 것입니다."

이곳은 뉴욕의 상징이자 세계에서 손꼽히는 도시 공원이며 50만 그루 이상의 나무가 심어져 있어 뉴욕의 허파라고 불리고 있다.

세계적 관광 명소이기도 하여 연간 4천만 명이 방문하는 것으로 추산하고 있다.

모스크바의 닉스파크도 센트럴파크를 모델로 해서 만들어졌다.

"두 번째 방문인데도 여기서 보니까 새롭게 보입니다. 이곳의 집값이 왜 이렇게 비싼지 이유를 알 것 같습니다."

김만철의 눈에도 센트럴파크의 전망은 확연히 달라 보였다. 바다와 센트럴파크를 조망할 수 있는 뉴욕의 집값은 해마다 상승하고 있었다.

또한, 전문가 집단과 고소득층이 늘어나면서 그들이 필요로 하는 고급 주택 수요가 늘고 있는 것도 뉴욕의 집값을 상승시키는 요인이다.

"닉스호텔에서 내년쯤 뉴욕에 호텔을 매입할 계획입니다. 그때가 되면 가족들과 한번 같이 오시지요."

"휴가를 주시려고요?"

"김 부장께는 언제든지 휴가를 드릴 수 있지요. 부장님이 휴가를 마다하시니까 문제지요."

"정말 휴가를 갑니다."

"가십시오. 가족들과 함께 시간이 많아야 좋은 아빠가 되는 것입니다."

"그렇게 말씀하시니까 휴가를 가야겠습니다. 송희 엄마가 둘째를 바라는 것 같기도 해서 말입니다."

"잘되었네요. 꼭 그렇게 하십시오."

김만철은 늘 휴가 이야기를 했지만 내 곁을 떠나지 않았다. 한국에 머물 때는 그나마 가족들과 함께하는 시간을 많이 가졌지만, 외국에 있을 때는 그렇지 못했다.

몇 번 휴가를 주었지만, 며칠을 참지 못하고 내가 있는 곳으로 날아왔다.

"이거 정 과장은 일하고 있는데, 나만 스테이크에다가 멋진 풍경을 감상하고 있으니 미안하네."

김만철은 내 말에 답을 하지 않고 다른 말을 꺼냈다.

티토브 정은 현재 소빈뱅크에서 경호 상황을 점검하고 있었다.

*　　　*　　　*

"표도르 강이 1시에 소빈뱅크를 방문한다고 합니다."

"좋아, 계획한 대로 뉴욕 경찰의 눈을 돌린다."

피터의 말이 떨어지자 외부로 나가 있는 대원들에게 명령이 내려졌다.

그리고 곧바로 뉴욕 경찰서에 신고 전화가 걸려왔다.

리먼 대학과 브롱스빌에 있는 한 초등학교에 폭탄으로 보이는 물체가 설치되었다는 신고였다.

신고를 받은 뉴욕 경찰은 비상이 걸렸고, 대기 중인 경찰들과 뉴욕 시내를 순찰 중인 경찰들 대다수가 리먼 대학과 브롱스빌 초등학교로 향했다.

"경찰이 출동했습니다."

"좋아, 시작해."

피터의 명령이 떨어진 1분 만에 브롱스빌 초등학교 근처에 세워둔 밴에서 강력한 폭발이 일어났다.

폭발로 인해 근처에 세워둔 차량이 파손되고 그곳을 지나던 시민들이 부상당했다.

폭발이 발생한 후 10분 뒤 방송국은 일제히 속보로 브롱스빌 초등학교에서 발생한 폭발에 대한 기사를 내보냈다.

방송이 나가자 뉴욕 소방당국과 경찰들이 일제히 리먼 대학과 브롱스빌로 향했다.

*　　　*　　　*

예정된 시간보다 소빈뱅크에 10분 정도 늦게 도착했다. 브롱스빌에서 발생한 폭발 사고의 여파로 시내 교통 상황이 좋지 않았다.

"어서 오십시오. 뉴욕은 처음이 아니시지요?"

소빈뱅크 뉴욕 지점장인 존 스콜로프가 나를 반겼다. 그가 처음 뉴욕 지점을 맡은 후 이익이 5배로 늘어났다.

존 스콜로프는 러시아계 미국인이었다.

"이번이 세 번째지. 뉴욕은 언제나 활기가 넘치는 곳이야."

"예, 소빈뱅크도 활기를 띠고 있습니다. 안으로 들어가시지요."

소빈뱅크 뉴욕 지점은 처음 방문이었다. 지점을 개점할 당시 1층만을 사용하던 소빈뱅크는 이제 3층까지 임대하여 사용 중이다.

은행 안으로 들어서자 경비원들이 나를 향해 정중히 인사를 건넸다.

소빈뱅크의 주인이자 룩오일NY의 회장을 처음 보는 네 명의 경비원들은 모두 긴장한 눈빛이었다.

소빈뱅크의 내부는 현대적이면서도 고풍스러운 이미지를 하고 있었다.

넓은 내부 공간에 자리 잡은 직원들은 개인 고객보다는

주로 기업 고객들을 상대했다.

"운이 좋군. 은행을 방문해서인지 경호원의 숫자가 줄었어. 놈들은 와 있나?"

반대편 차 안에서 표도르 강의 움직임을 살피던 피터의 말이었다.

그의 말처럼 경호원은 12명이었다.

은행에 4명의 경비원이 더 있었지만, 충분히 처리할 수 있는 인원이었다.

오히려 경험이 풍부하고 노련한 경호원들이 문제였다.

"예, 준비하고 있습니다. 시작할까요?"

운전대를 잡고 있는 인물이 피터를 보며 물었다.

"좋아, 공격해."

"작전이 떨어졌다. 목표로 한 불곰을 제거하라."

─돌입한다.

사내가 쥐고 있던 군용 무전기로 명령이 떨어지자 응답이 왔다.

그리고 30초 뒤 소빈뱅크가 입주해 있는 건물을 향해 세 대의 승합차가 맹렬한 속도로 달려들었다.

그중 한 대는 속도를 줄이지 않고 표도르 강이 타고 온 리무진를 향해 그대로 돌진했다.

쾅!

콰쾅!

큰 충격음이 들린 후 승합차는 그대로 폭발했다.

폭발한 승합차로 인해 리무진이 화염에 휩싸였다. 승합차는 불에 잘 타는 인화성 물질들이 가득 실려 있었다.

하늘로 솟구친 화염은 옆에 있던 벤츠까지도 삼켜 버렸다.

"아악!"

"캬악!"

주변에 있던 경호원들과 지나던 행인들이 폭발로 인해서 뒤쪽으로 날아갔다.

승합차의 공격으로 차량 근처에 있던 네 명의 경호원이 바닥에 나뒹굴었다.

두 대의 승합차의 문이 열리며 복면을 한 열두 명의 인원이 튕겨 나왔다.

얼굴 전체를 가린 복면을 쓴 무장 괴한들은 자동소총을 난사하며 은행 안으로 난입하려고 했다.

타타다탕! 타다탕탕!

이에 맞서 경호원들 또한 FN P90 소형기관단총을 품에서 꺼내 반격을 가했다.

타다다라탕! 타타다탕탕!

"아악!"

"큭!"

습격자들과 달리 정확한 사격을 통해서 은행으로 난입하던 3명의 인물이 쓰러졌다.

타타다다탕! 다타타탕!

하지만 폭발로 인해 쓰러진 경호원들로 인해 숫자가 부족했다.

"퍽!"

총을 들고 은행에서 나오던 경비원이 습격자들의 총에 맞고 쓰러졌다.

타타다다탕!

"악!"

경호원 하나가 더 쓰러지자 은행으로 들어가는 문이 열렸다.

은행 밖에는 일곱 명의 경호원이 있었고, 은행 안에는 김만철과 티토브 정을 포함해서 여섯 명의 경호원이 있었다.

타다다타탕! 탕다타탕!

경호원들은 자리를 잡고서 은행 쪽으로 난입하던 습격자들에게 총격을 가했다.

선두에 섰던 2명의 습격자가 경호원의 반격에 쓰러졌다.

"인원을 더 투입하라고 해."

피터의 말에 무전기를 쥔 인물이 연락을 취했다.

그러자 승합차 한 대가 다시금 나타났고 일곱 명의 인물들이 차에서 내리며 은행 쪽으로 접근했다.

"슬슬 우리도 준비해야지. 놈들이 이미 경찰에 연락을 취했을 테니까."

피터와 함께 있던 인물은 차 안에서 벗어나 뒤편 건물 쪽으로 이동했다.

건물의 지하 주차장으로 내려가자 그곳에는 아홉 명의 인물들이 대기하고 있었다.

Chapter 12

"정문을 막아."

지점장실에 보고를 받고 있던 나는 폭발음과 총격음에 곧장 밖으로 뛰쳐나왔다.

은행 안은 아수라장이었다.

"아악!

"으악! 살려줘!"

은행 직원들과 고객들은 비명을 지르며 피할 곳을 찾았다.

경호원들과 은행 경비원은 검은 복면을 쓴 인물들과 전

투를 벌이고 있었다.

은행 문 입구 쪽은 여섯 명이 쓰러져 있었다.

"위험합니다. 안에 계십시오."

김만철은 나를 지점장실로 밀어 넣으려고 했다.

"아닙니다. 놈들의 숫자가 만만치가 않은 것 같은데, 총을 주십시오."

나는 김만철에게 손을 내밀었다. 은행 안은 뒷문이 없었다. 뒤로 도망칠 구멍이 없는 것이다.

더구나 어려움이 닥쳤을 때 나는 절대 뒤로 물러서거나 피하지 않았다.

티토브 정은 경비원과 함께 사람들을 대피시키고 있었다.

"후! 정말 조심하셔야 합니다. 놈들은 은행 강도가 아닌 것 같습니다."

김만철은 한숨을 내쉬며 권총을 나에게 내밀었다.

"걱정하지 마십시오. 경찰이 올 때까지 5분만 버티면 됩니다."

권총을 받아 들며 말했다. 이미 은행에 설치된 비상벨이 눌러졌다.

늦어도 5분이면 경찰이 달려올 것이다.

                    *   *   *

    뉴욕 경찰서는 갑작스러운 테러로 인해 정신을 차릴 수
가 없었다.

    "월스트리트의 소빈뱅크에 강도가 들었습니다. 현재 경
비원과 총격전을 벌이고 있습니다.

    리먼 대학과 브롱스빌를 통제하기 위해서 뉴욕 경찰 대
부분이 두 지역으로 출동했다.

    주변을 통제하고 주민들과 학생들을 대피시키기 위해서
였다.

    "아니, 무슨 날이야? 왜 한꺼번에 이런 일이 터지는 거
야. 출동할 인력이 남아 있어?"

    "남아 있는 인력은 없습니다. 브롱스빌로 향하던 팀을 돌
려야 할 것 같습니다."

    "근처에 있는 순찰차들이라도 최대한 출동시켜. 월스트
리트가 털리면 우리 모두 옷을 벗어야 해."

    뉴욕 치안을 맡고 있는 경찰은 동시다발적으로 터지는
사건에 정신이 없었다.

    더구나 뉴욕 경찰청은 월스트리트에서 10분 거리에 있었
다.

    "알겠습니다."

시내에 남아 있던 경찰차들은 소빈뱅크가 위치한 월스트리트로 향했다.

하지만 리먼 대학과 브롱스빌 지역의 통제로 인해 평소보다 교통이 혼잡했고, 거리에서 발생한 교통사고가 평소보다 2~3배나 많아 출동을 지연시켰다.

*   *   *

대범한 놈들이었다.

미국 경제의 중심지 뉴욕 월스트리트에 위치한 은행을 대낮에 공격한 것이다.

더구나 습격자들의 인원이 적지 않았고, 은행을 털기 위한 목적도 아닌 것 같았다.

타다다타탕! 드르르륵!

"경찰은 언제 오는 거냐? 5분은 한참 지난 것 같은데."

김만철은 시계를 보며 티토브 정에게 말했다.

"뭔가 평상시와 다른 것 같습니다."

티토브 정의 말처럼 상식적이지 않은 공격이었다.

습격자들은 벌써 여덟 명의 희생자를 냈지만 물러설 기미가 없었다.

복면을 쓴 인물들 모두 정규적인 군사훈련을 받은 인물

들 같지 않았다.

"정 과장님의 말처럼 은행의 돈이 목적이라면 이런 방법을 사용하지 않을 것 같습니다."

체계적이지 않았고 한마디로 무식한 공격 방법이다.

습격자들은 은행 입구에서 더는 전진하지 못한 채 소모적인 총격전을 벌였다.

"우리가 끝을 내버려야겠어."

김만철이 총을 잡고 일어나려는 순간이었다.

때마침 경찰차의 사이렌 요란하게 들려왔다. 기다리던 경찰이 도착한 것이다.

사이렌 소리가 들려오자 습격자들은 뒤쪽으로 물러나며 출동한 경찰차를 향해 총격을 가했다.

타타다탕!

도착한 것은 2대의 경찰차와 경찰특공대인 스와트(SWAT) 차량이었다.

"드디어 도착했네."

경찰특공대의 출현은 습격자들에게는 불운이었고 우리에게는 큰 힘이 되는 일이었다.

습격자들은 경찰의 출현에 자신들이 타고 온 밴으로 황급히 후퇴했다.

자칫 양쪽에서 샌드위치로 끼어 빼도 박도 못하는 상황

이 될 수 있었다.

경호원들과 은행 경비원들도 경찰의 출현에 환호하며 습격자들을 더욱 몰아붙였다.

달아나던 습격자 중 세 명이 총에 맞아 쓰러졌다.

"빨리 부상자들을 병원으로 옮기도록 하지요."

경찰차에 이어서 병원 구급차도 도착하는 모습이 보였다. 경호원들은 은행 안으로 들어오는 경찰특공대를 보며 자리에서 일어나 부상자들에게 향했다.

그때였다.

타다다타탕! 타다다다탕!

경찰특공대가 은행 안으로 들어오면서 경호원들을 향해 조준 사격을 가했다.

"어! 경찰이……."

그런데 은행 직원 하나가 손을 들어 경찰을 가리키는 순간 그를 향해서도 총탄이 날아왔다.

경찰 복장을 한 인물들은 움직이는 모든 물체를 향해 총격을 가하기 시작했다.

순식간에 네 명의 경호원과 두 명의 경비원이 그 자리에서 쓰러졌다.

"경찰이 아닙니다."

김만철은 내 몸을 밀치며 옆으로 굴렀다.

타다다탕! 텅!

책상으로 몸을 날리자마자 머물던 자리에 총격이 가해졌다.

타타다다탕! 드르르르륵!

다시금 은행은 총소리가 울려 퍼졌다.

경찰특공대의 움직임은 습격자들과 달랐다.

전투 경험이 많은 듯 일사불란하게 움직이며 체계적으로 총격을 가했다.

"이러다가 당하겠습니다."

몸을 내밀 수 없을 정도로 정확한 사격을 하는 통에 반격하기 힘들었다.

경찰특공대들과 총격전을 벌이고 있는 경호원은 두 명뿐이었다.

마지막으로 버티던 경비원도 집중사격에 쓰러지고 말았다.

"놈은 어디 있나?"

피터는 뒤쪽에 총을 쏘며 말했다.

"지점장실에 있는 것 같습니다."

"빨리 끝내야 돼. 지체했다가는 진짜 경찰이 달려온다."

피터의 재촉에 경찰특공대 복장을 한 사내들이 앞쪽으로 나아가려 했다.

타탕! 탕!

세 발의 총성이 옆쪽에서 들려왔다.

"컥!"

"큭!"

그 순간 선두에 섰던 두 인물이 비명과 함께 앞으로 꼬꾸라졌다.

경호원과 함께 총에 맞고 쓰러진 것처럼 누워 있던 티토브 정이 조준사격을 가한 것이다.

"저놈을 잡아!"

피터가 티토브 정을 가리키며 말하자 일제히 그를 향해 총격이 가해졌다.

티토브 정은 작은 금고가 있는 쪽으로 몸을 날리며 총을 쏘았다.

부상을 입었는지 그의 어깨서는 피가 흐르고 있었다.

티토브 정의 반격이 새로운 습격자들의 움직임을 잠시 잡아두었다.

그때를 틈타 나와 김만철이 반격을 가할 수 있는 장소로 이동할 수 있었다.

"소빈뱅크에 룩오일NY의 회장이 있다고 합니다. 러시아 쪽에서 문제가 생기면 가만있지 않겠다고 전해왔습니다."

브래턴 뉴욕 경찰국장의 이마에서 식은땀이 흘러내렸다. 현장에 전해진 바로는 경찰 복장을 한 또 다른 괴한들이 소빈뱅크를 다시금 공격 중이라는 소식이 전해졌다.

더구나 러시아 대사관에서 자국 기업 회장의 안전 문제가 있을 시에 공식적인 외교 문제로 삼겠다고 전화를 해왔다.

소빈뱅크의 직원들이 러시아 대사관에도 연락을 취한 것이다.

"우리 쪽은 어떻게 된 거야?"

"월스트리트로 가는 교통이 마비되었습니다. 비버스트리트와 펄스트리트 쪽에서 총격 사태가 일어나 운전자들이 차를 두고 대피하는 상황이라 차들이 묶여 있습니다."

"그럼 지하철에 있는 경찰들과 해안 경찰이라도 출동시켜. 뭐든 해보란 말이야."

브래턴 경찰국장의 표정이 일그러졌다.

일련의 사태를 보았을 때 이건 계획적으로 일어난 사건이었다.

경찰들의 시선을 딴 쪽으로 돌리고 발목을 붙잡아 둔 것이다.

리먼 대학과 브룽스빌로 향했던 경찰들이 대거 월스트리트로 향하고 있었다.

타다다탕! 다타다다탕!

은행 내 총격전은 계속 이어졌다.

"총알이 없습니다."

"저도 떨어졌습니다."

총알이 떨어졌다. 그나마 습격자들의 움직임을 막은 것은 티토브 정의 활약과 김만철의 정확한 사격이었다.

마지막까지 버티던 두 명의 경호원 중 하나도 총에 맞아 부상을 입었다.

무엇보다도 총알이 떨어졌다는 것이 문제였다.

습격자들을 향해 사격이 줄어들자 그들도 뭔가 눈치를 챈 것 같았다.

"총알이 떨어진 것 같습니다."

"좋아, 이제 놈들을 잡아."

피터의 말에 앞쪽에 있던 인물이 조심스럽게 기둥에서 벗어나 앞으로 나설 때였다.

무언가 날아오는 소리와 함께.

"컥!"

기둥을 벗어난 사내는 그대로 뒤로 넘어갔다.

쿵!

넘어가는 사내의 이마에는 군용 단검이 박혀 있었다.

사내가 넘어가자 앞으로 나서려고 했던 인물들이 다시금 몸을 숨겼다.

"지독한 놈들이야. 하지만 확실히 총알이 떨어진 것 같군."

날아온 것은 총알이 아닌 단검이었다.

놀라운 솜씨였지만 총알과 단검까지 사용한 상태였다. 이렇게까지 버틸 줄 몰랐지만 저항하는 인물들은 표도르 강을 포함해서 네 명뿐이었다.

"놈들은 총알이 떨어졌다. 신호에 맞추어 일제히 공격한다."

피터의 말에 경찰특공대 옷을 입은 습격자들은 서로에게 수신호를 하면서 숫자를 세었다.

"하나, 둘……."

그때였다.

퉁! 퉁!

은행 안으로 무언가 날아들어 오더니 빠르게 연기를 내뿜었다. 날아온 물체는 연막탄이었다.

은행 안은 순식간에 앞을 볼 수 없을 정도의 연기로 인해서 시야가 가려졌다.

"뭐냐? 콜록! 콜록!"

그와 동시에 연기 사이로 매캐한 냄새가 퍼져 나갔다. 연막탄과 함께 최루탄도 터진 것이다.

"누가 연막탄을 터뜨린 거······."

슝!

철퍼덕!

슝! 슝!

"컥! 큭!"

자욱한 연기 사이로 짤막하게 들려오는 작은 소음과 함께 비명이 연달아 들려왔다.

"놈을 찾아 죽여··· 콜록! 콜록!"

피터는 입을 여는 순간 따가운 연기를 들이마시자 기침이 절로 났다.

눈과 코에서 의지와 상관없이 눈물과 콧물이 흘러나왔다.

정말이지 다 된 밥에 코를 푸는 사태가 일어났다.

표도르 강을 죽일 수 있는 지금 놈을 돕는 누군가가 나타난 것이다.

"최루탄입니다, 입을 막으십시오."

나는 매캐한 냄새에 곧바로 손수건으로 입과 코를 재빨리 막았다. 지금 상황이 묘하게 흘러갔다.

소음기가 달린 총소리가 습격자들이 있는 쪽에서 연달아
들려왔다.

연막탄과 최루탄이 동시에 터지자 자욱한 연기와 매캐한
냄새가 습격자들의 발목을 잡았다.

"누군지 모르지만 정말 필요할 때 와주었습니다."

입을 막은 채 이야기를 하는 김만철의 말처럼 절체절명
의 위기에서 구원자가 나타난 것이다.

연막탄과 최루탄은 위기를 절묘하게 반전시킬 수 있는
카드였다.

이 기회를 놓칠 수 없었다.

나와 김만철은 기침 소리가 들려오는 앞쪽으로 조심스럽
게 움직였다.

최루탄에 익숙했던 한국에서의 경험이 여기서 도움이 될
줄은 몰랐다.

타타다다탕!

피터의 일행은 습격을 당하자 소리가 들려오는 쪽을 향
해 신경질적으로 총을 쏘았다.

슝! 슝!

"아악!"

하지만 원하던 결과 없이 자신의 위치를 알려주는 꼴이

되었다.

털썩!

또 한 명의 인물이 쓰러지자 습격자들은 이제 표도르 강이 목표가 아니었다.

살아서 은행을 벗어나는 것이 목적이었다.

시야가 확보되지 않은 상황에서 눈을 뜨지 못하게 하는 최루탄이 모든 걸 망쳐놓았다.

하지만 피터는 다른 인물들과 달랐다.

여기서 실패하면 자신의 운명이 끝이라는 것을 너무도 잘 알았다.

더구나 월스트리트를 쑥대밭으로 만들어놓은 지금, 실패는 돌이킬 수 없는 일이었다.

'놈을 잡아야 해.'

피터는 조심스럽게 표도르 강이 있던 곳으로 예상되는 장소로 움직였다.

오로지 본능과 지금까지 겪어왔던 경험만이 지금 자신을 지켜줄 뿐이었다.

피터와 함께 앞쪽으로 움직이는 것은 두 명뿐이었다.

나머지 대원들은 생사가 어떻게 되었는지도 알 수 없었다.

또르르!

타다다탕탕!

무언가 굴러가는 소리에 다시금 총소리가 들렸다.

"컥!"

털썩!

그리고 여지없이 신음성과 함께 누군가 쓰러지는 소리가 들려왔다.

피터는 이마에서 식은땀이 흘러내렸다.

따가움 때문에 실눈을 뜰 수밖에 없었다.

자욱한 연기가 사라지기 전에 습격자들을 처리해야만 은행 직원들과 고객들이 안전할 수 있었다.

턱!

순간 발에 걸린 무언가 때문에 앞쪽으로 몸이 쓰러지듯 쏠렸다.

그 순간 앞쪽에 검은 물체가 불쑥 나타났다.

자세를 잡을 새도 없이 몸을 회전하며 다리를 강하게 찼다.

털썩!

타다탕탕!

중심이 흐트러진 사내는 바닥에 쓰러진 채로 총을 쏘았다.

투두두!

그러자 총알이 천장의 조명들을 박살 내며 파편이 우박처럼 쏟아져 내렸다.

"으악!"

깨진 조명 조각이 쓰러진 사내의 왼쪽 눈을 찌르자 고통스러운 비명이 터져 나왔다.

타다다탕타!

그 순간 앞쪽에서 총알이 날아왔다.

"큭!"

순간 오른쪽 어깨에서 불에 지진 듯한 통증이 전해졌다. 뜨거운 피가 흘러내리며 옷을 적셨다.

왼손으로 부상한 어깨를 만져보았다. 다행스럽게도 총알은 어깨를 스치고 지나간 것 같았다.

오른손 팔의 움직임이 다소 불편했지만 움직임에는 문제가 없었다.

비명을 지르던 사내는 날아온 총알에 머리가 관통되어 그 자리에서 즉사했다.

죽은 사내의 허리춤에서 권총을 꺼내 들었다.

이러한 상황에서는 오히려 부피가 큰 자동소총이 불리했다.

눈물과 콧물이 얼굴에 범벅이었다. 쓰러뜨린 사내로 인해서 매캐한 최루가스를 실컷 들이마신 결과였다.

나오려 하는 기침을 풀어헤친 넥타이로 입을 막아 억지

로 참아냈다.

고개를 숙인 채 천천히 앞으로 나가는 순간 불쑥 무언가
가 날아왔다.

연기를 가르며 날아온 것은 검은 군화였다.

"퍽!"

너무 순간적이라 피할 수가 없었다. 날아온 발은 손에 들
고 있던 권총을 반대편으로 날려 버렸다.

몸을 뒤로 빼려는 순간 날카로운 대검이 앞쪽에서 또다
시 나타났다.

고개를 뒤로 젖히자 대검은 목표물을 놓치는 듯했지만,
움직임을 예상했다는 듯이 다시금 수직으로 내리꽂았다.

대검을 다루는 솜씨가 보통이 아니었다.

몸을 옆으로 구르며 사내의 발을 찼다.

그러자 움직임이 흐트러진 대검은 간발의 차이로 왼쪽
귀 옆에 내리꽂혔다.

몸을 뒤로 구르며 자세를 잡았을 때 나를 공격했던 사내
가 연기 속으로 사라졌다.

Chapter 13

놈은 주변 지형물을 이미 파악한 것 같았다.

연막탄이 서너 개가 터진 상황이라 연기가 가라앉으려면 2~3분이 흘러야만 될 것 같았다.

더구나 최루가스로 인해 눈이 따가워 눈을 크게 뜰 수가 없었다. 얼핏 공격한 놈을 보았을 때 보호안경을 착용한 것 같았다. 코와 입으로 흘러들어 가는 가스는 막을 수 없었지만, 놈은 시야가 확보된 상황이었다.

'총을 사용하지 않은 것은 놈도 공격당할 우려 때문이겠지……'

누군지 모르지만, 총소리를 포함해 소리가 나는 쪽을 향해서 정확하게 조준사격이 가해졌고 반드시 누군가는 쓰러졌다.

그 때문에 다들 조심스럽게 움직였다.

'연기가 사라지기 전에 움직여야 하는데…….'

총이 없는 상황에서 연기가 사라지면 위험했다.

조심스럽게 옆으로 이동하며 첫발을 내딛는 순간 뭔가를 밟은 느낌이 들었다.

딱!

땅에 떨어진 연필이 부러지는 소리였다.

소리와 함께 왼쪽에서 무서운 속도로 대검이 뻗어왔다. 몸을 오른쪽으로 회전했지만, 대검은 옆구리를 스치고 지나갔다.

"크!"

깊게 베이지는 않았지만, 쓰라린 통증과 함께 순식간에 피가 배어 나왔다.

대검은 다시금 직각으로 떨어지듯 방향이 바뀌며 목덜미를 향해 뻗어왔다. 설상가상으로 대검을 피해 주저앉는 순간 의도치 않게 바닥에 고인 피 때문에 미끄러졌다.

대검은 목덜미가 아닌 어깨 위로 떨어져 내렸다.

"으!"

손등으로 날아오는 대검을 쳐냈지만, 칼날은 어깨를 긋

고 옆으로 비켜갔다. 깊은 상처는 아니지만, 총상을 입은 곳이라 고통은 배가 되었다.

그러나 고통을 느낄 시간도 없이 움직여야 했다.

위험을 피하고자 손에 잡힌 물체를 놈에게 던졌다.

팅!

바닥에 떨어진 철제 연필통이었다.

대검으로 연필통을 쳐내는 사이를 이용해서 자세를 바로 잡았다.

'큭! 장난이 아니군.'

상처가 난 곳에 최루탄 가스가 닿자 무척 따갑고 고통스러워 절로 인상이 구겨졌다.

날 공격했던 놈은 이전처럼 연기 속으로 숨어들지 않았다.

날 죽일 수 있다는 확신을 한 듯이 피를 뒤집어쓰고 있는 나를 보며 미소를 지었다.

예상대로 놈은 전투형 고글을 쓰고 있었다.

"드디어 만났군."

처음 보는 인물이었지만 놈은 나를 아는 듯이 말했다.

'누구지? 분명 나를 아는 것 같은데…….'

나를 안다는 것은 다시 말해 소빈뱅크를 공격한 목적이 나였다는 것을 추측할 수 있었다.

놈이 들고 있는 대검에 묻어 있는 핏방울이 바닥으로 떨어지는 순간 다시금 대검이 허공을 갈랐다.

이번에는 직선이 아닌 대각선으로 이어진 공격이었다.

길게 호선을 그리며 내려오는 대검을 피하고자 한 걸음 뒤로 빠지며 몸을 옆으로 이동했다.

대각으로 내려오던 대검이 내 움직임에 따라 변칙적으로 따라붙는 순간 놈의 왼손이 움직였다.

온통 오른손에 쥐고 있던 대검을 신경 쓰고 있는 상황이라 왼손의 움직임을 미처 파악하지 못했다. 더구나 왼손이 연기에 가려져 있었다.

휘리릭!

왼손이 오른쪽 옆구리를 향해 날아오면서 나는 소리였다.

'이런, 잭나이프!'

다시금 왼발을 축으로 삼아 재빨리 오른쪽으로 몸을 회전했다.

"크!"

하지만 잭나이프는 옆구리를 베고 지나갔다. 칼을 쓰는 데 일가견이 있는 인물이었다.

지금껏 칼을 사용하는 인물들을 여럿 상대해 보았지만, 눈앞에 있는 사내의 솜씨는 지금껏 겪어보지 못한 부류였다.

마치 칼에 눈이 달린 것처럼 빈틈을 놓치지 않았다.

"피하는 재주가 놀랍군."

피터는 이번 공격으로 끝장을 내려고 했지만, 뜻대로 되지 않았다.

몇 번의 공격을 피했지만, 눈물이 앞을 가려 시야가 확보되지 않는 것이 문제였다.

그렇다고 눈물을 닦아낼 수 있는 상황도 아니었다.

최루가스로 인해 눈을 만지면 오히려 지금보다 더 따갑고 눈을 뜨지 못할 터였다.

'이대로 가다가는 당한다.'

모든 게 최악이었다.

어깨와 옆구리에서 전해오는 통증과 함께 몸이 무거워지는 느낌이 들었다.

아주 깊은 상처는 아니었지만, 피를 적잖게 흘렸기 때문이었다.

'지금은 내가 끝낼 수밖에 없다.'

김만철과 티토브 정을 기다릴 상황이 아니었다.

눈앞에 있는 인물은 이번에는 끝장을 내겠다는 듯이 대검과 잭나이프를 들고 있는 손에 힘을 주었다.

놈도 시간을 끌면 안 된다는 것을 아는지 이번 공격에 끝장을 보려는 것 같았다.

타타다다탕! 다타탕탕!

그 순간 가까운 곳에서 맹렬한 총소리가 들려왔다.

그게 신호였다.

누구라고 할 것 없이 나와 놈이 몸을 날렸다.

일직선으로 날아오는 대검을 옆으로 흘리는 순간 잭나이프가 옆구리를 파고들었다.

'이대로 간다.'

살을 주고 뼈를 얻어야만 하는 순간이었다.

허리를 앞쪽으로 최대한 밀착하면서 그대로 놈의 면상을 향해 머리를 박았다. 김만철에게서 배운 격술의 수법이었다.

퍽!

"흑!"

묵직한 충격이 이마와 옆구리에서 동시에 느껴졌다.

잭나이프는 옆구리의 살가죽을 찢으면서 등 쪽으로 이어졌다. 그 충격에 그대로 바닥에 주저앉자마자 오른쪽 옆구리에서 피가 솟구쳤다.

"컥!"

콧잔등 위로 묵직한 충격을 받은 피터는 뒤로 서너 걸음을 물러나며 한쪽 무릎을 꿇었다.

코뼈가 아작 난 것이 분명했다.

확연히 삐뚤어진 코에서는 쉴 새 없이 코피가 쏟아졌다.

코로 숨을 쉴 수 없어 붕어처럼 입을 헐떡거리자 최루가스가 입안으로 쏟아져 들어왔다.

그러자 목구멍이 타는 듯한 느낌과 함께 더더욱 숨을 쉴 수가 없었다.

"커어억!"

피터는 숨을 쉬기 위해 크게 목에 힘을 줄 수밖에 없었다. 피가 섞인 침을 길게 뱉어낸 피터는 주저앉아 있는 나를 보자 비틀거리며 몸을 간신히 일으켰다.

힘겹게 내 쪽으로 걸어오는 놈의 발걸음은 술에 취한 듯 좌우로 흔들렸다.

'일어나야 하는데…….'

의지는 있었지만, 다리에 힘이 들어가지 않았다. 어깨와 양쪽 옆구리의 부상 때문인지 다리가 풀려 버렸다.

마지막에 당한 옆구리 부상이 생각보다 깊었다.

"허! 여기까지인가?"

나도 모르게 푸념 섞인 말이 나왔다.

목숨이 위험한 몇 번의 위기를 겪었지만, 왠지 오늘은 벗어날 수 없다는 생각이 들었다.

그걸 아는지 나를 내려다보는 놈의 얼굴은 미소를 짓고 있었다.

놈은 대검을 두 손으로 마주 잡으며 내 머리를 향해 내리 꽂을 준비를 하고 있었다.

주먹을 간신히 쥐고 놈에게 뻗으려고 했지만, 손이 올라가지 않았다. 피를 너무 많이 흘렸기 때문인지 자꾸 눈이 감기려고만 했다.

"드디어 널 잡게 되는군. 표도르 강, 잘 가거라."

피터의 대검이 머리로 날아오는 모습을 나는 그대로 보고만 있을 뿐이었다.

마치 슬로비디오를 보는 것처럼 대검은 내 정수리를 향해 느리게 움직이는 것만 같았다.

'아! 이렇게 끝나다니…….'

눈을 감는 찰나의 순간 짧은 소음이 들렸다.

슝!

그리고 내 머리 위로 축축한 피가 떨어져 내렸다.

그것이 전부였다.

그 느낌을 끝으로 정신의 끈을 놓고 말았다.

*　　　*　　　*

비를 맞으며 안산을 올라가는 발걸음은 너무나 무거웠다. 눈을 타고 흐르는 것이 눈물인지 빗물인지 분간할 수 없을 정도로 서럽게 울음을 토해냈다.

빗소리와 천둥은 통곡에 가까운 내 울음소리를 집어삼켜 버렸다.

"흑흑! 이번이 마지막이라고 그렇게 말했는데도……."

나에 대한 원망과 설움이 폭발했다.

한 번의 인생.

그것마저 버리는 것을 아무렇지 않게 생각했지만, 아무것도 모르는 엄마가 너무 불쌍하고 안쓰러웠다.

하나밖에 없는 아들을 위해 모든 걸 헌신했던 일들이 내일이면 차가운 배신과 슬픔으로 돌아갈 것이다.

내일이라는 날을 잃어버리는 것이 억울하지는 않았다.

단지 어머니와 여동생이 누려야 하는 행복마저 뺏어서 가는 내가 너무 싫었다.

"흑흑! 태어나지 말았어야 했는데……."

차라리 내가 없었다면 행복했을 것이라는 생각이 머릿속을 떠나지 않았다.

번쩍!

낙뢰가 떨어지는 순간 비틀대던 몸은 중심을 잃고 바위 아래로 미끄러졌다.

산에 오르기 전 쓴 소주 두 병을 물 마시듯 마셨다.

철퍼덕!

바위에서 굴러 밑으로 떨어졌지만, 진흙탕이 되어버린 산길로 인해서 크게 다치지 않았다.

"아아악! 왜 나여야만 하는데!"

원망 섞인 외침이 터져 나왔다.

하지만 돌아오는 것은 얼굴 위로 차갑게 떨어지는 빗물뿐이었다.

"으흐흑! 나 같은 인간에겐 당연한 거야."

성공을 간절히 바랐다.

남들처럼 넓은 잔디밭이 있는 큰 집에서 가족들과 웃으면서 살고 싶었다. 하지만 다니던 직장 생활로는 도저히 바랄 수 없는 꿈이었다.

소소한 일상생활의 행복을 누리고도 싶었지만, 아버지의 공장이 부도로 무너지고, 아버지마저 쓰러지자 모든 생활이 엉망으로 바뀌고 말았다.

일반적인 직장 생활로는 도저히 생활을 지탱할 수 없었다.

"엉엉헝! 나 같은 놈은 빨리 죽었어야 했는데……."

허영이었다.

넓고 큰 집과 비싼 외제 승용차, 모든 것이 욕심일 뿐이었다. 이 나라에서 선택된 사람만이 누릴 수 있는 것을 너무도 평범한 내가 바란 것이다.

허영과 욕심이 결국 나를 이렇게 만들었다.

처음에는 원래 살던 집을 되찾기 위해서 시작한 일이었다.

하지만 지금 모든 것을 잃어버렸다.

번쩍! 콰르르쾅!

시커먼 먹장구름이 몰려들면서 더욱 세찬 비와 낙뢰를 쏟아내고 있었다.

"크하하하! 그래, 다 쏟아져라! 정말 죽기 좋은 날이네. 내가 다시 태어나면 다시는 이렇게 살지 않을 텐데……."

억울한 힌탄이 흘러나왔다. 그리고 졸렸다.

서서히 소주와 함께 먹은 약 기운이 온몸에 퍼져가는 것이 느껴졌다.

차가운 빗줄기도 어느새 따뜻하게 느껴졌다.

이젠 눈꺼풀을 올리는 것도 힘에 부쳤다.

"그래, 잘 되었어… 정미야, 미안. 엄마를 부탁해……."

모든 것을 포기할 때였다.

이상하게도 모든 걸 삼키듯이 내리던 세찬 비가 더는 얼굴을 때리지 않았다.

무언가가 얼굴을 때리던 비를 막아서고 있었다.

이대로 눈을 감아버리기 전에 비를 막아주는 정체를 확인하고 싶었다.

힘겹게 눈꺼풀이 올라갔다.

눈에 들어온 것은 우산이었다.

세찬 비를 막아주는 우산과 함께 한 여인이 눈에 들어왔다.

처음 보는 것 같았지만, 왠지 낯설지가 않았다.

아니, 아주 가까운 사람이라는 느낌이었다.

하지만 어둠이 내린 산 중턱에서는 얼굴을 자세히 살필수가 없었다.

그때였다.

콰르르! 쾅! 번쩍!

천둥과 이어진 번개가 산 중턱을 때렸다.

어두웠던 산이 훤하게 변하면서 여인의 얼굴을 볼 수 있었다.

"일어나! 언제까지 누워 있을 거야?"

여인은 나를 보며 큰 소리로 말했다. 그 목소리가 내 몸을 진동시키듯이 흔들었다.

모든 것을 포기하려고 할 때 들려온 목소리가 몸속 내부에서 따뜻한 기운을 불어넣는 것만 같았다.

"가인아, 네가 어떻게 여기에……."

그러자 내 입에서 알지도 못하는 여인의 이름이 흘러나왔다. 그 순간 모든 사물이 어그러지며 풍경이 바뀌어 버렸다.

내 눈에 들어오는 것은 어두운 하늘에서 세찬 비가 내리는 산 중턱이 아니었다.

흰 조명에 하얀 벽으로 둘러싸여 있는 병실이었다.

"깨어났네."

나를 보며 미소를 보이며 눈물을 흘리고 있는 여인은 다름 아닌 가인이었다.

"어떻게 된 거야?"

온몸이 해머로 맞은 것처럼 뻐근하고 물먹은 솜처럼 무거웠다.

"바보, 내가 없으니까 다치기만 하고."

"회장님이 깨어났다. 빨리 의사를 불러."

가인의 뒤쪽에서 누군가가 소리치는 것이 들려왔다.

"이제 괜찮은 거냐?"

무엇보다 가인이가 내게 말을 하는 것이 너무나 기뻤다. 매일 그녀가 깨어나기만을 하나님께 간절히 기도하고 원했다.

"직접 보고 있잖아."

가인이는 내 손을 잡으며 말했다. 마주 잡은 손에서 그녀의 체온이 느껴졌다.

한데 이것이 꿈이 아닐까 하는 불안함이 엄습했다.

"정말 다행이다. 정말로 꿈은 아니겠지?"

"아니야. 앞으로 절대로 힘들게 일어난 사람에게 병간호를 하게 하지 마. 오빠가 깨어나지 않을까 봐, 내가 얼마나 힘들었는지 알아?"

가인이의 두 눈에 뜨거운 눈물이 계속해서 흘러내렸다. 가인이의 마음이 곧 나의 마음이었다.

그녀가 깨어나지 않을까 봐 얼마나 마음을 졸였는지 모른다.

"미안해. 앞으로는 절대 그렇지 않을게."

그때였다.

병실 문이 열리며 여러 사람이 함께 들어오는 소리가 들렸다.

"와! 정말 깨어났네."

의사와 함께 들어온 한 여인이 큰 소리로 말했다.

어디서 본 듯한 얼굴이었다.

"오빠를 살려준 생명의 은인이야."

가인이의 말에 고개를 돌려 금발의 여인을 유심히 보았다. 왠지 낯설지 않은 눈빛이었다.

"혹시, 루나?"

내 말에 금발의 여인은 미소를 지으며 고개를 끄떡였다. 러시아의 금괴를 회수하기 위해서 탬페레호에 올라섰을 때 루나를 처음 만났었다.

자신의 본 모습을 절대로 보여주지 않았던 루나가 뉴욕의 소빈뱅크에서 날 살린 것이다.

『변혁1990』 30권에 계속…

초대형 24시 만화방

신간 100%, 샤워실, 흡연실, 수면실(침대석), 커플석, 세탁기 완비

■ 시흥 정왕25시점 ■

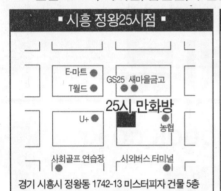

경기 시흥시 정왕동 1742-13 미스터피자 건물 5층
031) 319-5629

■ 강북 노원역점 ■

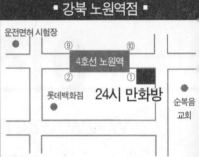

서울 노원구 상계동 340-6 노원역 1번 출구 앞 3층
02) 951-8324 (화용빌딩 3층)

■ 일산 정발산역점 ■

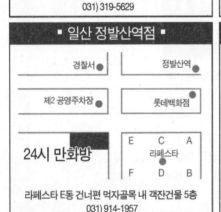

라페스타 E동 건너편 먹자골목 내 객잔건물 5층
031) 914-1957

■ 일산 화정역점 ■

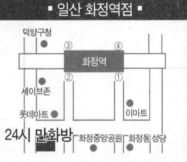

경기도 고양시 덕양구 화정동 984번지 서일빌딩 7층
031) 979-4874 (서일사우나 건물 7층)

■ 부천 역곡역점 ■

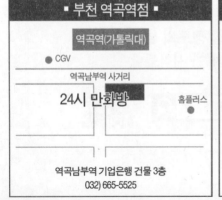

역곡남부역 기업은행 건물 3층
032) 665-5525

■ 부평역점 ■

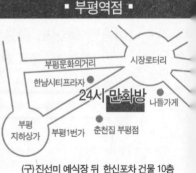

(구) 진선미 예식장 뒤 한신포차 건물 10층
032) 522-2871

FUSION FANTASTIC STORY
인기영 장편소설
호감받고 성공더!
100
86/10
안경 여드름 돼지. 줄여서 안여돼.
그것이 김두찬의 인생이었다.
제발 한 번만,
단 한 번이라도 당당한 삶을 살아보고 싶어!
띠링!
우주 최초 리얼 시뮬레이션 '인생 역전'의
플레이어로 선정되셨습니다!
접속하시겠습니까?
YES를 선택한 순간, 모든 것이 달라졌다.
안여돼 김두찬의 인생 역전기!
Book Publishing CHUNGEORAM
유행이 아닌 자유추구 -
WWW.chungeoram.com

탑 레시피가 보여!

FUSION FANTASTIC STORY

레오퍼드 장편소설

잔혹한 음모에 휘말려 모든 걸 잃은
칼질의 고수, 요리사 강호검.
그의 앞에 두 가지 기적이 벌어졌으니!

"내 손… 하나도 안 떨잖아……."

인생의 전성기로 되돌아온 그와
그의 앞에 나타난 기물(奇物), 요리사의 돌!

"네가 최고의 요리사가 되는 것이
이 아버지의 꿈이란다."

돌아가신 아버지와 자신의 꿈을 좇아
그가, 세계 최고의 자리로 향하기 시작한다.

Book Publishing CHUNGEORAM

유행이 아닌 자유추구
WWW.chungeoram.com

전생부터 다시

FUSION FANTASTIC STORY

홍성은 장편소설

죽음으로 모든 걸 끝내고 싶지 않아
인간으로 환생하게 된 대마법사, 로렌 하트.

그러나 알 수 없는 괴물의 등장으로 인해 인류가 멸망해 버리고
홀로 살아남은 그는
고독과 외로움에 다시 한 번 더 환생을 결심하는데……

하지만 현생을 반복하는 것만으로는 의미가 없다.
시간을 되돌려 대마법사가 되기 전의 시절로 되돌아갈 것이다!

대마법사 로렌 하트, 전생부터 다시 시작한다!

Book Publishing CHUNGEORAM

유행이 아닌 자유추구 -
WWW.chungeoram.com